KB014623

나는 ———————— 태어났다

Je suis né

by Georges Perec

© Editions du Seuil, 1990
Collection *La Librairie du XXIe siècle*, sous la direction de Maurice Olender
Korean translation copyright © Lesmots 2021
The Korean edition was published by arrangement with Editions du Seuil
through Sibylle Books Literacy Agency, Seoul.
All rights reserved.

Je suis né

Georges Perec

나 는
태 어 났 다

조르주 페렉

윤석헌 옮김

레모

W⁶ʷᵒⁱᴸ⁶

서 문

1969년 조르주 페렉은 모리스 나도Maurice Nadeau[1] 에게 보낸 편지에서 네 권의 책이 연결된 거대한 자서전 프로젝트를 밝힌다. 그중 『W』만이 『W 혹은 유년의 기억W ou le souvenir d'enfance』으로 변형되어 빛을 보게 된다. 『나무L'Arbre』, 『내가 잤던 장소들Lieux où j'ai dormi』은 중단되었다. 12년짜리 글쓰기 프로젝트였던『장소들Les lieux』은 계획이 반쯤 진행된 6년 후 포기했다.

여기 모은 글들은 기억과 망각의 작업을, 정체성의 탐색을, 자서전 글쓰기의 새로운 전략을 명확하게 보여준다.

　　메모, 단편, 연설, 비평, 편지, 자화상, 신문 기사, 인터뷰, 서평, 라디오 방송을 위해 쓴 글 등 서로 아주 다른 성격의 글들이다.

　　이 책은 태어나서 죽을 때까지 한 인간의 시간을 따른다.

　　그리고 조르주 페렉이 (글을 쓰는 방식에서나 이론상으로나) 자서전을 어떻게 고찰했는지를 보여준다. 그에게 자서전은 말할 수 없는 것 주변을 끊임없이 맴돌며, 그와 동시에 우회적이고 복합적이며, 파편적이다.

필리프 르죈[2]

　　이 책을 출간할 수 있게 도와주신 에릭 보마탱과 마르셀 베나부[3], 필리프 르죈에게 감사드립니다.

M.O.(모리스 올랑데)[4]

일러두기

1. 이 책은 다음의 원서를 옮긴 것이다.

   Georges Perec, *Je suis né*, Seuil, 1990.

2. 각 글의 원 출처는 「수록 지면」을 참조하기 바란다.

3. 「꿈과 텍스트」의 원주를 제외하고 본문의 주는 모두 옮긴이주다.

4. 책제목이나 외래어, 「기억의 작업」의 대담자의 질문 이외에,
   원서에서 이탤릭체나 대문자로 강조한 단어는 굵은 서체로 표시했다.

5. 단행본이나 잡지는 『 』로, 단편, 시, 논문은 「 」로,
   신문, 영상물, 노래 제목, 미술작품은 〈 〉로 표시했다.

차례

je suis né

Georges Perec

나는 태어났다

70년 9월 7일

카로스 *Carros*[5]

나는 36년 3월 7일에 태어났다. 이 문장을 몇십 번, 아니 몇백 번을 썼던가? 정말 잘 모르겠다. 꽤 오래전, 자서전 계획이 구체화되기 훨씬 전부터 이 문장을 썼다는 사실은 알고 있다. 이를 소재로 『나는 가면을 쓴 채 나아간다 *J'avance masqué*』[6]라는 별 볼 일 없는 소설과 이 소설을 대충 손봐서 마찬가지로 별 볼 일

없는 『파르나스에 오르는 계단*Gradus ad Parnassum*』[7]이라
는 글을 썼다.

　나는 태어났다.
　처음엔 이런 식의 문장은 완전하다고, 전부 다
갖추고 있다고 인식한다. 그러나 이 문장으로 시작할
수 있는 글을 상상하기는 쉽지 않다.
　반면에 정확한 날짜를 적게 되면 우리는 그만
써도 된다.
　나는 1936년 3월 7일에 태어났다. 끝. 몇 달째 이
문장을 쓰고 있다. 34년 6개월 전부터, 지금까지도!
　대개, 사람들은 이어서 쓴다. 이 문장은 상세한
설명을, 더욱더 상세한 설명을, 온전한 이야기를 요구
하는 그럴싸한 시작이다.
　나는 0000년 12월 25일에 태어났다. 아버지는
목수였다고 한다. 내가 태어나고 얼마 지나지 않아
이교도들은 그곳에 있을 수 없어 이집트로 망명해야
만 했다. 그런 이유로 내가 유대인이었음을 알게 된
다. 유대인으로 살지 않겠다는 나의 굳은 결심은 바

로 이런 극적인 상황에서 비롯되었음을 알아야만 한다. 그다음 이야기는 여러분이 알고 있는 대로…

지금 다시 생각해보면, 앞서 언급한 내 책들의 본질은 '나는 36년 3월 7일에 태어났다'라고 쓰고, 그 뒤를 이어가는 것이 거의 가능하지 않다는 데 있다. 가령 『나는 가면을 쓴 채 나아간다』에서 화자는 적어도 세 번 연속으로 자신의 삶에 대해 말하는데, 세 번 다 전부 거짓이다. ("기술한 고백은 늘 거짓이다." 당시 나는 스베보[8]의 글에 심취해 있었다.) 어쨌든 어쩌면 다 분명하게 다른 이야기일 것이다.

문제는 '왜 계속하나?'도 아니고, '왜 나는 계속할 수 없나?'도 아니라, '어떻게 계속하나?'이다. (세 번째 질문을 통해서 나는 앞의 질문들에 대답할 수 있다.)

다시 출발점으로 돌아왔음을 부인할 수 없다. 나는 36년 3월 7일에 태어났다. 그래 어디 한번 해보자. 나는 담배에 불을 붙인다, 수영할 마음도 없으면서 수영장 주변을 한 바퀴 돌아본다, '나는 모월 모일에 태어났다'를 도입부에 제대로 사용한 책을 찾으려 책 몇 권을 들춰본다. 그러다 마샤 대븐포트[9]의 자서전 『판타지가 되기에는 너무 강한 *Too strong for fantasy*』이 눈에 들어왔다. 음악과 체코슬로바키아에 관한 이야기라는 것 말고 아는 바가 없는 책이다. 그리고 사진들과 색인이 수록되었다는 것도 알고 있다. 더 주의 깊게 읽어볼 생각이다. 안네 프랑크의 일기(대단한 것은 없다)와 엘머 루츠터한트가 수용소 내에서 사회적인 행동방식에 관해 쓴 소논문 두 편도 훑어보았다. (연구소[10] 일과는 별개다.) 그도 아니면, 혼자 카드놀이를 하거나, 속이 들여다보이는 (말하자면 직접 현을 치는) 피아노를 서툴게 연주한다. 며칠 지난 <프랑스 수아르>지를 대충 훑어보거나, 면도를 하거나, 맥주를 조금 마시거나 이런저런 일(손톱을 다듬고, 발톱을 자르거나, 이리저리 서성거린다.)을 하거나.

이도 아니면, 틀림없이 아주 정교한(?) 퍼레이드를 펼치거나. 이어 쓸 수 없는 문장을 수첩에 이미 세 페이지째 쓰고 있다.

혹은 이어질 수 있거나, 이어질 수 없는 문장을….

아니면 이야기할 것이 더 있거나, 없는 문장을.

하나하나 따져보자. 무엇이? 누가? 언제? 어디서? 어떻게? 왜?

무엇? 내가 태어났다.

누가? 내가.

언제? 1936년 3월 7일.

더 정확하게? 시간은 모르겠다. 호적등본을 볼 작정이다. (봐야만 한다.) 일단 저녁 9시라고 하자. 언젠가 국립도서관에 가서 그날 치 일간지 몇 종을 보며, 무슨 일이 있었는지 알아봐야만 한다. 오랫동안 나는 히틀러가 폴란드를 침공한 것이 36년 3월 7일이라고 생각했다. 그게 아니라면, 내가 날짜 혹은 나라를 착각하는지도. 어쩌면 39년(그리 생각하지는 않지만)이거나, 혹은 체코슬로바키아(그럴싸하지 않나?) 아니면 오스트리아일지도. 수데티산맥, 안슐루스, 단치히 문제, 사르에 이르기까지, 나는 그 당시 역사를 정말 잘 몰랐다. 내게는 사활이 걸린 문제였음에도. 어쨌든 히틀러는 권력을 쥐고 있었고, 수용소도 이미 있었다.[11]

어디? 파리에서. 오랫동안 20구에서 태어났다고 생각했는데, 19구였다. 분명 조산소일 터다. 그곳이 있던 거리 이름도 역시 생각나지 않는다. (호적등본에서 확인할 수 있으리라.)

어떻게? 왜?
왜? 루시 반 펠트[12]가 말했을 법한, 좋은 질문이다.

훌륭한 작가들은 세상에 본인의 출현을 알림과 동시에 곧바로 자기 부모에 대해 몇 가지 세부적인 사항들을 이야기한다.
아버지 이름은 이체크 주드코Icek Judko. 프랑스식으로 하자면, 이삭 조제프Isaac Joseph, 계속 프랑스식 이름에 집착한다면 이지도르Isidore. 고모와 사촌 누나는 그를 이지Isie라는 이름으로 기억한다. 나는 언제나 고집스럽게 아버지를 앙드레André라고 부른다.[13]

70년 9월 8일
카로스

오늘은 한참을 다양한 물감을 가지고 놀았다. 잉크와 유화, 구아슈와 유화용 나이프를 가지고.

오후 4시, 어쩌면 글을 쓰려고 해볼 수도 있다. 내 이야기는 명료하고(그렇게 보려고만 한다면), 내가 느끼는 막막함은 속임수다. 그것이 바로 글쓰기의 메커니즘이자, 수사학적 기교들이다. 제아무리 신중을 기한다 해도 계속 뭉그적거릴 수는 없다. (어쨌든 이것이 중요한 논지는 아닐 터이니.) 그래서? 어쩌면 막대한 임무 앞에 주저앉게 될지도. 그 임무는 한 번 더 실타래를 끝까지 푸는 것. 그리고 몇 주, 몇 달, 혹은 몇 년이 될지 모르는 시간 동안 (『장소들』[14]을 쓰기 위해 둔 제약을 따른다면 12년 동안) 싫증이 나거나 혐오감이 느껴질 정도로 곱씹은 내 기억들로 이루어진 닫힌 세계 속에 나를 가두는 것.

가출의 장소들

샹젤리제 공원 우표상은 목요일과 일요일에만 문을 열었다. 그도 그 사실을 알고 있었다. 그래도 누군가를 만날 수 있지 않을까 생각했다. 한가한 노인이 자신의 우표첩을 봐주지 않을까, 그 노인이 우표첩에서, 흑갈색 블레리오[15]나, 사모트라케의 니케를 한참 봐주거나, 마리안느 시리즈나 로렌의 십자가가 새겨진 주홍색 페탱의 우표들을 감탄하며 보지 않을까 생각했다. 그런데 공원에는 산책하는 사람 하나 없었다. 나무들 사이로 열을 맞춰놓은, 녹색으로 칠한

철 의자들 말고는 아무것도 없었다. 아침 9시도 안 된 시간이었다. 포근한 날씨였다. 시청 살수차가 가브리엘 대로를 따라갔다. 샹젤리제 대로는 한적해 보였다. 공원 맞은편 작은 그네들과 인형극 극장 사이, 목마들이 실린 커다란 노란 트럭에서 일꾼들이 짐을 부리고 있었다. 회전목마의 틀은 이미 조립된 상태였다.

그는 벤치에 앉아 책가방을 열었다. 중복으로 수집한 우표들만 모은 작은 우표책을 꺼냈다. 이미 오래전, 고급 장정으로 된 우표첩의 작은 포켓 속에 소중하게 모아둔 가장 멋진 우표들을 넣어두었다. 그 우표첩은 고모가 방의 옷장 속 보석들 옆에 두고 열쇠로 잠갔으며, 마지못해 그에게 보여주곤 했다.

그는 우표를 하나하나 주의 깊게 보고, 그것들을 자리에 넣고, 얼마나 가치가 있을지 따져봤다.

한참 지나 우표첩을 덮고, 윗옷 안주머니에 넣었다.

그는 알림장을 꺼냈다. 그날은 수요일이었고, 부르기뇽 선생의 프랑스어 수업과 라틴어 수업이 각각한 시간씩 있었고, 프와리에 선생의 역사 수업과 노르망 선생의 영어 수업이 한 시간씩 있었다. 오후에는 졸리 선생의 미술 수업과 레오나르 선생의 자연과학 수업이 있었다.

그는 영어 숙제도 하지 않았고, 쪽지시험 준비도 안 했다.

9시였다. 그저 지각일 뿐이다.

전부 되돌릴 수 있었다.

이미 여러 차례 첫 수업에 들어가지 않은 적이 있었다. 8시 반, 수위는 학생들이 들어오는 문을 잠갔다. 그는 파르크데프랭스 대로에 있는 정문으로 들어갈 용기는 없었다.

그는 자유를 만끽하며 포르트드생클루, 베르사유 대로를 산책하러 갔다. 프리쥐닉 상점에 들어가서, 선반 하나하나에서, 망치, 공기, 비누 앞에서 멈추어 섰다. 때때로 못이나, 나사, 구두 징, 스위치 따위를 훔칠 기회가 있었다.

그는 9시 반까지 돌아갈 수 있었다. 출석부에 결석이 표시되지만, 목요일 아침에 두 시간 보충을 받

으면 되었다. 어쨌든 그의 지각은 대수롭지 않은 일
이었다. 고모부 앞에서 규율을 위반할 때보다 천 배
는 감당하기 쉬운 잘못이었다.

그는 책들을 꺼내서 훑었다. 노트와 오래전 숙제
들을 읽었다. 사촌 둘이 사용했던 녹색 가죽 필통을
꺼냈다. 필통에는 모서리가 씹힌 낡은 자 하나, 심이
없는 색연필 세 자루, 검은색 연필, 테이프로 대충 수
선한 깨진 볼펜, 투명한 각도기, 낡은 지우개, 컴퍼스
가 들어 있었다.

노란 나무 벤치 위에 원을 몇 개 그렸다. 그러고
나서 컴퍼스를 다시 필통에 넣고, 필통과 책들, 노트
들을 책가방에 넣었다.

한참 후, 인형극 극장을 둘러싸고 있는 잡목 쪽
으로 향했다. 아무도 자신을 보지 않는지 확인하고,
나뭇가지 사이를 벌려서 책가방을 내려놓았다.

그러고 나서 빠른 걸음으로 그곳에서 멀어졌다.

그는 피가로 신문사 앞에 있는 벤치에 앉았다.

23

신문이 게시된 진열장에 마침내 불이 꺼졌다. 입구 위쪽에 달린, 거위 깃털이 지나간 커다란 대문자 F[16]에만 불이 들어왔다. 공원은 한적했다. 오렌지색과 파란색으로 이루어진 회전목마 텐트조차 눈에 들어오지 않았다. 이따금 샹젤리제 대로를 산책하는 사람들만이 그를 쳐다보지도 않고 그와 몇 미터 거리를 두고 지나가서, 빠른 걸음으로 각자 집으로 돌아갔다. 그는 희미한 말소리를 들었다.

그는 자리에서 일어났다. 샹젤리제 대로를 가로질러서 지하철역까지 갔다. 역의 출입구가 닫혀 있는 것을 보고, 발길을 되돌렸다.

그는 추웠다. 벤치에 누워, 두 팔로 맨 무릎을 감싸며 최대한 몸을 오그렸다. 주철 다리에 나무 판자 두 개를 연결한 벤치는 너무 좁았다.

그는 자리에서 일어나 동그랗게 한 바퀴를 돌고, 다시 돌아와 앉더니, 머리로 오른팔을 베고, 가슴에 무릎을 붙인 채 다시 누웠다.

그는 눈을 감았다가, 다시 떴다.

몇 미터 떨어진 곳에서 사람들이 그림자처럼 지

나갔다. 등 뒤로는 자동차가 드문드문 지나가고, 속도를 늦추고, 변속기어를 바꾸고, 때로는 경적을 울렸다.

한참 후, 한 남자가 다가왔다. 피가로 신문사보다 어두운 저 먼 곳에서 거무스름한 덩치가 눈에 들어오더니, 점점 그 남자가 다가오는 것이 보였다. 그는 눈을 감고, 자는 척했다. 가슴이 터질 듯이 뛰었다.

여기서 뭐 하는 거니? 남자가 물었다.

그는 답하지 않았다.

여기서 뭐 하는 거니? 남자가 또 물었다. 너 어디 사니?

그는 아무 말도 안 했다.

너 어디 사니? 남자가 다시 물었다.

그는 대답하지 않았다. 남자를 바라보았다.

키가 크고, 옷을 잘 입은 그 남자는 걱정스러워하는 듯 보였다.

그는 그 사람에게 말을 할까, 설명해볼까, 잠시 생각했다. 하지만 할 말이 하나도 없었다. 온종일 이 순간을 기다려왔음을 깨달았다. 누군가 그에게 말을 걸어주길, 그를 보길, 그를 찾으러 와주길.

그냥 내버려두세요. 그가 말했다.

자, 나랑 가자. 남자가 말했다.

남자는 그의 손을 잡고, 그랑팔레 경찰서로 데려갔다.

피가로 신문사 옆에 있는 원형 교차로 근처 벤치에서 아이를 발견했습니다. 남자가 경찰들에게 말했다.

그는 23프랑이 있었다. 그 돈을 아주 빠르게 써버렸다. 10시쯤 되었을 때, 콜리제 거리의 빵집으로 들어가서, 10프랑을 주고 작은 우유빵을 하나 샀다. 걸어 다니며 빵을 잘게 뜯어서 천천히 먹었다. 잠시 후 샹젤리제 대로의 가판대에서 그림책 하나를 샀다. 걸어가다가 책을 읽으려고 앉았는데, 그림책은 하나도 재미가 없었다.

3프랑이 남았다. 40수 하나, 20수 하나가 있었는데, 두 개 다 비시Vichy 정부의 문양이 새겨져 있었다.[17] 그걸로는 잡화상에 가서 사탕이나 껌 하나밖에 살 수 없었다. 그런데 잡화상마저 보이지 않았다.

한참 후, 알마마르소 역의 휴지통에서 구겨진 <프랑스 수아르> 신문을 발견했다. 그는 스포츠 면을 찾았고, 만화, 재미있는 이야기, 가십 기사들을 읽었다. 그러고 나니 피곤해져서, 신문을 발견한 곳에 던져버렸다. 한참 후, 훨씬 더 시간이 지나 하루종일 할 일 없이 돌아다니는 사람들에 끼여서, 샹젤리제 대로 건물 벽에 게시된 <피가로>, <피가로 문학>, <피가로 농업>을 읽었다. 한참 후, 수돗가에서 물을 마셨다.

실내용 가운을 걸치고 머리는 손질하지 않은 채 그날 치 첫 담배를 입에 문 고모는 그가 나가자 세 개의 구리 자물쇠와 도난방지 장치가 달린 두껍고 무거운 문을 닫았다. 쾅 소리가 나지 않는 문이었다. 그는 평소처럼 계단을 내려가기 시작했다. 그러다 두 개의 층계참 사이에서 잠시 움직이지 않고 멈춰 섰다. 그는 대리석 계단과 붉은 양탄자 그리고 엘리베이터의 단단한 쇠와 유리를 바라보았다.

마치 꼭두각시나 덩치 큰 괴물처럼 말을 듣지 않는 무릎을 거의 떨어트리듯 하며 천천히 계단을 하나씩 하나씩 내려갔다.

파이프를 입에 물고 허리춤에 파란색 앞치마를 두른 채 모직 천으로 엘리베이터 버튼 광을 내는 수위 앞을 그는 고개를 숙인 채 지나갔다.

현관의 거울들이 그의 이미지를 잠시 동안 끝도 없이 비추었다. 그는 밖으로 나갔다. 아솜시옹 거리는 시골처럼 조용했다. 아직 잠들어 있었다. 쓰레기통은 비워지지 않았고, 수위들이 신발 발판들을 흔들어댔다. 장송드사일리, 클로드베르나르, 라퐁텐이나, 몰리에르 학교에 가는 초등학생들과 중고등학생들은 라네라프 지하철 역까지 걸어 올라가거나, 혹은 52번 버스를 타러 가기 위해 부렝비리예 거리 쪽으로 내려갔다.

매번 그랬듯, 그는 지하철을 탔다. 검표원에게 이미 네 번 천공한 일주일 정액권을 내밀어 수요일 치 승차 확인 구멍을 뚫었다. 열차가 도착했고, 매번 그랬듯 줄을 서서 올라탔다. 그런데 미셀앙주모리토르 역에서 내리지 않고, 같은 선 반대 방향으로 열차

를 다시 갈아탔다. 라네라프 역을 지나쳤다. 플랭클랭
루즈벨트 역에서 내렸다.

1947년 5월 11일이었다. 그는 열한 살이었다.
파리 16구 아솜시옹 거리 18번지 집에서 막 도망쳐
나왔다. 단추 세 개가 달린 회색 모직 외투를 입고, 파
란 울 양말에 밤색 신발을 신었다. 검은색 인조가죽
가방을 들었다. 수중에는 23프랑이 전부였고, 최대한
빨리 팔아치우려고 작정한 작은 우표첩이 유일한 희
망이었다.

그는 창구직원이 자신을 보고 쪽문을 열기 위해
멈춘 것을 보았다. 그는 움직이지 않았다. 타일이 깔
린 벽에 딱 달라붙어 선 채 기다렸다. 한참 후 창구직
원이 나와서 그에게 다가왔다.
여기 있으면 안 돼, 꼬마야, 방해되잖아. 직원이
그에게 말했다.
그는 아무 말도 안 했다. 그녀를 바라보지도 않
았다.

여기서 뭐 하는 거니?

아무것도 안 해요.

너 어디 사니?

작은 소리로 그가 답했다. 라네라프 역 근처요.

가서 자야지.

지하철표가 없어요.

그녀는 티켓을 찾으러 갔다가 돌아와서 그에게 내밀었다.

저 돈 없어요.

괜찮아, 내가 주는 거야. 이제 가서 자야지.

그는 달려서 플랫폼으로 내려왔다.

거의 텅 빈 열차가 지나갔다. 그는 열차에 올라탔다. 자리에 앉았다. 열차가 출발했다. 객실은 부르르 떨더니 흔들거렸다. 지하철 소음을 듣자 기운이 나는 것만 같았다.

라네라프 역까지 갈 엄두도 내지 못하고 트로카데로 역에서 내렸다. 열차에서 내려, 몽트뢰유 시청행 열차로 갈아탔다. 알마마르소 역에서 내렸다. 오랫동안 플랫폼에서 서성였다. 물이 빠지게 파놓은 꾸불꾸

불한 홈을 따라갔다. 그는 차표 더미가 들어 있는 바구니를 뒤졌다.

한참 후, 그는 사탕 자판기 옆에 앉았다. 열차들이 도착하는 것을 보았다. 열차 맨 앞에 새겨놓은 숫자들을 외워보려 했다. 도착해서 내리는 사람들을 바라보았다.

결국 그는 지하철을 다시 타고 플랭클랭루즈벨트 역에서 내려, 벵센뇌이 노선으로 갈아타고 샹젤리제 대로에서 내렸다.

수요일 돌아오는 표를 가지고, 정오가 조금 지나 그는 퐁드세브르 역까지 갔다. 미셸앙주오테이유, 미셸앙주모리토르 역을 거쳐 또 한번 라네라프 역을 지나갔다. 퐁드세브르에서 센강을 건너 블로뉴 숲으로 들어갔다.

한참을 걸었다. 때때로 울타리를 손질하는 정원사나 개를 산책시키는 사람을 보았다.

산책로를 벗어나, 오솔길로 접어들었다. 잡목들 사이로 길을 냈다. 자갈과 가시덤불로 뒤덮여 살짝

31

솟아오른 경사면 위에는 줄기가 바싹 붙어 있는 세 그루의 나무가 있었는데, 텐트 뼈대처럼 보여서 숨어 있을 만한 공간이 되었다. 정성스럽게 그 안을 청소했다. 가시덤불을 뽑아내고, 무성한 풀을 발뒤꿈치로 밟아가며, 돌멩이와 자갈을 채웠다. 그러고 나서 그는 가장 큰 나무에 등을 대고 앉았다.

한참 후, 돌멩이의 날카로운 면을 가지고 세 그루의 나무 중 하나의 껍질을 긁어 큰 상처를 냈고, 다양한 기호로 돌아갈 길을 표시했다.

그는 플랭클랭루즈벨트로 되돌아갈 차표가 없었다. 정액권은 이미 두 번을 사용했다. 수줍은 목소리로 그는 검표원에게 목요일를 당겨 사용할 수 있을지 물었다. 실수로 내리는 것을 까먹었다고 말했다. 검표원은 그를 쳐다보더니, 그냥 들어가게 해주었다.

그는 다리가 녹색인 벤치에 앉았다. 그리고 또다시 회전목마를 바라봤다. 일꾼들은 목마들을 쇠시리에 연결시키는 일을 끝냈고 지붕의 원뿔형 골조 위에는 오렌지색과 파란색이 교차하는 견고한 천으로 만든 커다란 텐트를 고정했다. 꼭대기에 거대한 금속

고리를 매단 커다란 텐트는 바닥에 하얀색 긴 밧줄로 고정되었다. 사다리 꼭대기에 올라간 일꾼 한 명이 그 밧줄들을 하염없이 엮었고, 긴 밧줄의 한쪽 가장자리는 삼각형 가랜드로 가려졌다.

한참 후, 그는 센강 옆 그랑팔레 주변에 조성된 자갈밭에서 얼마간 산책했다. 돌로 만든 가짜 계단, 가짜 궤들, 가짜 목조 다리 사이를 돌아다녔다. 그는 작은 금붕어 세 마리가 놀고 있는 연못 위로 몸을 숙였다.

한참 후, 그는 도랑에서 공들여 다듬은 금속 조각을 발견했다. 일종의 구리 튜브인데 한쪽 끝은 밸브로 되어 있고, 다른 쪽 끝은 나사처럼 홈이 패어 있었다.

그는 몽트뢰유 방면 지하철 출입구 근처의 계단 위쪽에 있었다. 그는 쪽문 위에 몸을 걸치고, 한두 차례 몸을 흔들었다. 그러고 나서 광고들을 보았다.

그는 열차가 도착하는 소리를 들었다. 사람들이 뛰어서 열차에 올라탔다. 나비넥타이를 맨 차림으로 봐서 극장에 가는 사람들 같았다. 그는 쪽문을 자기 쪽으로 당겼고, 사람들이 지나가는 동안 문을 잡아 주었다.

열차가 도착했다. 사람들이 밀려들어 올라타고, 내렸다. 모두 분주했다. 그는 쪽문을 열었다가 닫았다. 아무도 그에게 말을 걸지 않았다. 고맙다는 말도 하지 않았다. 그가 너무 옷을 잘 입었기에 — 문득 이런 생각이 들었다 — 몇몇은 놀란 표정으로 그를 바라보았고, 그래서 그는 잠시 손을 내밀어야만 하나 생각했다.

그는 인형극 극장 주변을 맴돌았다. 땅바닥에서 구슬같이 생긴 마노 공예품 하나를 주웠다. 색깔을 입힌 작은 구슬과 조각이 달라붙어 있고, 파란색과 노란색 나선형이 눈에 들어오는 낡은 하얀 유리 덩어리였다.

그는 회전 교차로의 꽃이 없는 화단에 박힌, 물

이 나오지 않는 분수 구멍에 몸을 숙였다.

오랫동안 회전목마를 조립하는 일꾼들을 보았다. 그들은 태양이 장식된 파란 쇠시리 두 개를 걸었다. 그러고 나서 흰색, 갈색 그리고 검정색으로 색칠한 말들을 붙들어 맸다. 말들의 갈기는 파란색 혹은 노란색, 아니면 오렌지색이나 녹색의 톱니 모양이었고, 파란색과 빨간색을 돌아가며 칠한 구슬 반쪽에 다른 구슬 반쪽을 박아 눈을 만들었다.

한참 후, 그는 앉아서 지갑 속에 있는 것을 보았다. 학생증, 지하철 표, 조개껍데기 무늬가 들어간 무도회 원피스 차림의 사촌 누나 사진, 아솜시옹 거리 집의 테라스에서 찍은 자기 사진 한 장이 있었다.

그는 마티뇽 대로, 콜리제 거리와 생필리프뒤룰까지 이어지는 회전 교차로 주변을 산책했다. 정오쯤이었을 것이다. 빵집 앞에 사람들이 줄을 섰다. 카페마다 사람이 차 있었다.

한참 후, 그는 사방으로 빠르게 이동하는 무리의 중앙에서 천천히 걸었다. 신문팔이가 <르몽드>, <프

랑스 수아르>를 소리치며 팔러 다녔다. 촘촘하게 모여 있던 사람들은 교차로에서 신호를 기다리고, 버스 정류장에서 기다리고, 지하철 입구로 빨려 들어갔다.

한참 더 지난 후, 밤에 그는 영화관 문 앞에서 멈춰 서거나, 상점 진열대를 바라보거나, 카페 테라스 테이블 사이를 슬그머니 돌아다니며, 샹젤리제 대로를 왔다 갔다 했다.

한참 후, 플랭클랭루즈벨트 역의 석유램프가 빛을 밝힌 천막 아래서 그날 저녁 석간신문을 파는 신문 판매원 옆에 오랫동안 머물렀다.

그는 거의 곧바로 털어놓았다. 이름이 무엇인지 말했다. 고모부 이름과 전화번호, 주소를 불렀다.

그는 자신에게 허리를 숙이고 있는 경찰들을 보고 울었다.

배고프니? 경찰이 물었다.
그는 대답하지 않았다.

아무것도 안 먹었니?

그는 그렇다고, 고개를 끄덕인다.

경찰이 그에게 다진 고기가 들어간 샌드위치를 주었다. 샌드위치가 너무 커서 한 번 베어 물 때마다 애를 써야만 했다. 빵은 약간 눅눅했고, 다진 고기는 쏩쓸한 맛이 났다. 그는 또 울었다. 그리고 코를 훌쩍거리며 먹었다. 그는 조금 떨었다. 다진 고기 부스러기와 빵가루가 얼룩진 종이 위에 떨어졌다.

아이에게 마실 것을 줘. 누군가 말했다.

경찰 하나가 물이 가득 든 사발을 들고 돌아와서 그에게 내밀었다. 그는 샌드위치를 내려놓고, 두 손으로 사발을 잡았다. 하얗고 커다랗고 속이 깊은 자기로 된 사발이었다. 가장자리는 이가 조금 나갔고, 바닥은 회색 줄무늬로 얼룩져 있었다. 그는 입술을 물에 적시고 나서 마셨다.

한참 후, 그를 데리고 왔던 남자가 떠났다. 그는 경찰들과 홀로 남겨졌다. 반쯤 베어 문 샌드위치와 하얀색 자기 사발, 얼룩진 종이, 잉크병, 스탬프가 앞에 놓여 있었다.

누군가 그에게 자리에서 일어나 저쪽으로 가서 앉아 있으라고 손짓했다. 그는 구석으로 가서 벽에 바싹 붙여둔 긴 나무 의자에 앉았다. 두 손은 무릎에 올리고, 고개를 숙여 바닥을 보면서 수치심과 두려움에 휩싸여 기다렸다.

한참 후, 고모부와 사촌 누나가 도착했다. 그리고 차로 그를 데려갔다.

20년이 지나, 그가 떠올려보려 했을 때(20년이 지나, 내가 떠올려보려 했을 때), 처음에는 모든 것이 불분명하고, 뚜렷하지 않았다. 그러고 나서 세세한 것들이 하나씩 떠올랐다.

구슬, 벤치, 작은 빵,

산책, 숲, 자갈밭,

회전목마, 인형극 극장,

쪽문,

아솜시옹 거리, 지하철역, 지하철들,

그림책, 남자, 경찰들,

샌드위치와 사발, 그가 물을 담아 마셨던(내가 물을 담아 마셨던) 바닥이 회색 줄무늬로 얼룩지고 이가 나간, 크고 하얀 자기 사발.

그리고 그는 하얀 종이를 앞에 두고 오랫동안 떨고 있었다.

(그리고 나는 하얀 종이를 앞에 두고 오랫동안 떨고 있었다.)

1965년

낙하산 강하

[1959년 1월 10일, 파리. 『논증』[18] 관련 모임이 거의 끝나갈 때쯤 조르주 페렉은 장 뒤비뇨[19]에게 발언권을 다시 요청한다. 녹음기로 녹음함.]

"페렉?"

"하고 싶은 말이 있습니다… 토론이 다 끝나가는 것 같으니, 제게 발언권을 주시면 이야기를 하나 들려드리고 싶습니다."

"그러면 한번 해봐요, 젊은 친구. 마이크에 잘 대

고 말해봐요. 자, 이렇게…"

"그런데 그러려면 이 토론이 끝나야 합니다. 다들 더 할 말이 없어야만 해요!"

"무슨 얘기를 꺼내려고 그래요?"

"좀 사적인 이야기가 될 것 같아요. 여러분에게 드리고 싶은 말은… 제 생각에는… 처음 들으면 완전 동떨어진 얘기처럼 들릴 수도 있겠지만, 사실 꽤 밀접한 이야기라고 생각해요."

"해봐요, 그게 바로 변증법이잖아요!" [청중들 웃음소리]

"… 그러니까, 오늘 저녁 우리가 말했던 모든 내용과 관련 있는 이야기입니다. 아주 사적인 경험이지만요. 그런데도 이 얘기를 하려는 이유는… 제가… 술을 좀 마셔서입니다. 제가 경험한 낙하산 강하에 대해 말씀드릴게요. 처음에는 이 일과 지식인들의 토론 사이에는 아무런 관계가 없어 보였습니다. 실제로 아무 관련이 없고요. 그저 예전에 제가 낙하산에서 뛰어내렸던 방식과 지금 그것을 다시금 어떻게 느끼고 있는지 여러분에게 전부 이야기할 수만 있다면, 몇 가지 접점이 보일 것 같습니다. 그 접점에 대해 저도 분명하게 말할 수 없긴 하지만, 이야기가 끝날 때쯤 어떻게든 명확해지리라 생각합니다. 그럼 이제 시작하겠습니다.

우리는 비행장에 있습니다. 낙하산 요원이 몇 명 있습니다. 그런데 지금까지 알고 계신 '낙하산 요원'이라는 단어로 이해해서는 안 됩니다. 그 낙하산 요원 중에는 바로 저, 조르주 페렉이 있음을 [민망한 듯 살짝 웃음] 염두에 두셔야 합니다. [20] 말하자면, 어쨌든 굳건한 의지와 삶에 대한 애착을 갖고 있지만, 한편으로는 상당한 어려움을 느끼는 누군가가 있다는 말입니다. 그 누군가는 그 문제들을 결국엔 해결해내지요, 그렇지 않더라도, 그 누군가는 강하 시 필연적으로 거쳐야 하는 모든 과정을 극복하면 그 문제들이 해결되리라 생각합니다. 비행장 위를 돌고 있는 비행기들의 엄청난 굉음이 들립니다. 그리고 기다립니다, 아주 천천히 기다립니다. 이미 아주 많은 이들이 거쳐간 무언가를 우리도 기다리고 있다는 사실에, 다시 말하면, 우리 전에 위험을 무릅썼던 이들이 엄청나게 많았다는 이유로, 자신의 용기를 따져볼 수 없어 일종의 실망을 느끼기도 합니다. 우리는 그저 기다립니다. 담배를 태우고, 소변을 보러 가지요. 이런 순간이 오면 으레 화장실에 가잖아요. 그리고 어느 순간, 그때가 오면… 혹시 누구든 지루하다 느껴지면, 제 말을 끊어주시길 바랍니다. 저도 지금 이런 이야기를 하고 있는 게 완전 바보 같아 보이니까요. 그리고 관련 없는 이야기라고 [이 말에 이의를 제기하는 소리가 들린다] 말씀해주세요. 그런데 아무도 말을 끊지 않으시니, 계속해보겠습니다. 우리는 화장실에 갑니다. 그러고 나서 어느 순간이 되면 명령이 떨어지죠. '집합'이라는 외침이 들립니다. 우리는 모두 집합을 위해 달립니다. 차렷 자세를 취합니다. 전혀 상관없는 일이지만, 어떤 의미에서는 바로 이 행동으로 하나의 의식에 참여합니다. 상황의… 변화라고 할까요. 두려움의 변화겠지요. 이건 엄청나게 중요합니다. 왜냐하면 바로 그 순간부터 우리는 겁을 집어먹기 시작하니까요. 우리에게 장비를 갖추라는 명령이 떨어지지 않는 한, 두렵지 않습니다. 그때까지만 해도 뛰어내릴지 확실하게 알지 못하니까요. 장비를 갖춘 순간부터 뛰어내리겠구나 확신합니다. 이제 낙하산 장비가 다 갖춰졌는지 확인하기 시작합니다. 끈들은 물론이고, 또 다른 것들도 확인합니다. 잠깐 또 다른 이야기를 하겠습니다. 제가 하는 이야기를 정확하게 그려보는 일이 어쩌면 쉽지 않을 것 같습니다. 지금 제 이야기와 상관없는 분들께는 꽤 민감하게 들릴 수도 있을 겁니다. 어쨌든 그건 중요하지 않아요. 우리는 장비를 갖추고, 벨트의 길이를 확인하고, 벨트를 묶습니다. 바로 그 순간, 우리 등 뒤와 눈앞에 낙하산이 생깁니다. 낙하산은 15킬로가 나갑니다. 꽤 묵직한 물건이고, 그래서 등에 지고 있기가 정말 고통스럽습니다. 우리는 정말이지 꼼짝달싹할 수 없고, 작아져버립니다! 어쨌든 끔찍한 일이지요. 그걸 지고 있을 수는 없어요, 그걸 지고 걸어갈 수도 없지요. 하지만 어쩔 수 없이 참아내야 합니다. 우리는 낙하산을 꼼꼼히 살핍니다. 비행기한 대가 도착하고, 거기 올라탑니다. 비행기가 이륙합니다. 잠시 후 비행기는 공중에 떠 있고, 비행기가 출발하는 순간 부르기 시작했던 노래를 공중에 뜨자 다들 갑자기 멈춥니다. 맞은편에 있는 이들의 눈을 바라보면, 다들 거기에 있는 사람들이라는 사실을 떠나서, 사람들의 두려움과 상관없이, 이들이 파시스트이고, 개자식들이고, 말도 못하게 가련한 놈들이라는 것을 알고 있다는 사실과 상관없이, 우리에게는 무언가 공통점이 있음을 알게 됩니다. 무언가 공통점이 있는 것 같지만, 그것을 분명하게 설명하지는 못합니다. 어쩌면 모두가 똑같은 상황 속에 있다는 단순한 사실, 그들도 어떤 순간이 오면 전부 다 비행기 문으로 뛰어내려야만 한다는 사실 때문일지도 모르겠습니다. 그때, 누군가 말합니다. "일어섯, 매달아." "일어섯, 매달아"라는 말은, 우리가 앉아 있었기에 일어서야만 하고, 자동 열림 줄[21]을 낙하산과 비행기 케이블에 매달아야만 한다는 뜻이고, 앞사람과 뒷사람을 볼 수 있는 자세로 있어야만 한다는 뜻입니다. 그렇게 해야 가능한 한 가장 좋은 자세로 뛰어내릴 수 있습니다. 그런데 바로 그 순간 일이 아주 복잡해집니다. 자리에서 일어서지지가 않아요. 어쨌든 **저는** 일어설 수가 없습니다. 뭐가 문제인지 정확하게 알지 못합니다. 무슨 일이 벌어진지 모르지만, 제 두 다리는 머뭇거립니다. 전부 다 그만두고 싶은 느낌이 듭니다, 용기를 다 잃어버릴 것 같은 느낌이고, 정말 별일 아닌 이 행동들이 절대 불가능해 보여요. 자리에서 일어나고, 자동 열림 줄을 잡아 비행기 케이블에 매는 일이, 뛰어내리는 일이요. 그러니까 앞으로 나가고, 준비하는 일이… 바로 그 순간, 의심이 일어요. 전부 다 다시 확인을 해야 할 것만 같아집니다.

바로 그 순간 선택의 문제가 제기됩니다. 정확하게 삶 전체에 대한 질문입니다. 제게는 거의 낯선 것들을 신뢰해야만 한다는 사실을 바로 그때 알게 됩니다. 마지막이라는 생각으로, 내 상황을 완전하게 책임져야만 하는 순간임을 알게 되지요. 그 상황이란 이런 것입니다. 나는 낙하산 부대원이고, 머리에는 헬멧을 쓰고 있고, 등과 배에 낙하산이 있고, 그것은 15킬로나 나가며, 너무 무겁고, 20초 만에 400미터 상공으로 날아올라서 귀가 멍하고, 비행기는 빠르게 움직이고, 내 눈앞에 있는 모든 이들은, 그들 모두는 두려워하고 있습니다. 그들은 전부 두려움을 느낄 수밖에 없습니다. 그리고 저도 몸이 오그라들 정도로, 자리에서 일어설 수 없을 정도로 두려움을 느낍니다! 그래도 어쨌든 모두 벌떡 일어납니다. 다들 일어나지만, 아무 일도 일어나진 않았습니다. 우리는 자동 열림 줄을 비행기에 고정시킵니다. 우리를 뛰어내리게 하는 사람들, 교관들, 보조 조종사들은 자동 열림 줄과 낙하산에 문제가 없는지 확인합니다. 매번 모든 것은 정확합니다. 그리고 어느 순간, 사이렌이 울립니다. 사이렌이 울리면, 우리는 뛰어내리기 시작합니다. 대개, 일반적으로, 정확하게 말씀드리자면, 우리는 결단코 최초로 뛰어내리는 사람들은 아닙니다. 제가 이 이야기를 꺼낸 것도 바로 그 순간 제가 처음으로 뛰어내리지 않아서입니다. 더군다나 제 첫 번째 강하 훈련도 아니었습니다. 모든 것의 시작 또한 아니었습니다. 그냥 단순한 반복이었습니다. 다섯 번째, 아니 여섯 번째, 혹은 일곱 번째로 제게 익숙했던 행동을 하는 것입니다. 제게 익숙했던 **행동들을**, 제가 이미 알고 있던 무엇을 다시 시작했을 뿐입니다. 그럼에도 매번 똑같이 두려움을 느꼈습니다. 그 뒤에 이어질 일을 알고 있었기에, 오히려 훨씬 더 강렬한 두려움을 느꼈습니다. 그리고 사이렌이 울리기 시작한 바로 그 순간, 첫 번째 대원들, 선두에 있던 사람들이 뛰어내립니다. 저도 제일 먼저 뛰어내려본 적이 있는데, 그건 또 다른… 이야기입니다. 어쨌든 바로 그 순간 모두 앞으로 나가기 시작합니다. 앞으로 나아갈수록, 우리는 조금씩 의식을 잃어갑니다. 남는 거라곤 의지밖에 없습니다. 온갖 억눌림과 짓눌림을 끝장내보려는 의지 말입니다. 사실 우리는 움직일 수도 없을 정도로 서로 밀착되어 있으니까요. 우리는 다들 서두릅니다. 뛰어내리려고 엄청나게 서두르지요. 그리고 아주 빠르게 뛰어내립니다. 그리고 그 순간, 앞에는 허공이 있습니다. 우리는 문 앞에 있고, 400미터 훨씬 아래쪽에는… 400미터 아래쪽에는 땅이 있습니다. 말하자면 아무것도 없는 셈이지요. 우리 앞에는 아무것도 없습니다. 그리고 우리는 뛰어내려야만 합니다. 제가 말하고 싶은 것이 바로 이 순간에 대해서입니다. 그래서 이 이야기를 꺼냈습니다. 무언가에… 직면하는 순간 말입니다. 위험에 직면한 것이 분명 아닐

지라도, 어떻게 해서든 무언가를 믿어야만 하는 순간이 있습니다. 솔직히 이젠 도대체 제가 이 이야기를 왜 여러분에게 하는지도 모르겠지만, 어쨌든 그런 이유 따위는 전혀 중요하지 않습니다. 어떻게 해서든 이 낙하산을 신뢰해야만 합니다. 어떻게 해서든 이렇게 속으로 다짐해야 합니다. 그래, 이제 다음 단계로 나아갈 거야. 자동 열림 줄은 풀릴 것이고, 그다음에는 낙하산이 펼쳐지고, 그다음에는 낙하산 줄이 느슨해지다가 풀어질 것이고, 그다음에 낙하산은 완전히 펼쳐질 것이고, 앞에는 멋진 꽃부리 같은 것이 생길 터이고, 그러면 멋진 일이 될 거야… 낙하산이 우리를 감당할 수 있을 터이고, 정말 아주 천천히 지상으로 내려갈 것이고, 착륙할 것이며, 그러고 나면 끝이 날 것이고, 다섯 번째 강하가 아니라 여섯 번째 강하가 되거나, 혹은 일곱 번째 강하가 아니라 여덟 번째 강하가 될 거야… 라고 말입니다. 그러고는 어느 순간 의심을 하게 됩니다. 정말 어쩔 수가 없는 일입니다. 우리는 자신에게 묻습니다. 아, 아니군요, **우리**가 아니라 **제** 얘기네요. 왜 뛰어내렸을까, 라고 저는 매번 자신에게 물었습니다. 우선, 시작은 아무 문제도 되지 않았어요. 제가 하겠다고 한 일이니까요. 저는 낙하산 부대에 배치되었어요. 그래서 입대했고요. 개인적인 상황을 따져보면, 입대하지 않을 방법도 있었을 겁니다.[22] 저는 무언가 새로운 것을 맛볼 수 있을 거라 생각해서 입대를 결정했어요. 뒤비뇨 선생님께 말씀드리고 싶어요. 클라라 말로 부인이 제게 낙하산 강하가 정신분석과 비슷하다고 말했을 때, 저는 엄청 놀랐습니다. 제게는 그 말이 정말 특별한 유머로 들렸거든요!

사실 정확하게 그렇다고 생각하지는 않아요. 정신분석은 제게 완전히 다른 무언가를 가져다주었다고 생각합니다. 절대 똑같은 영역은 아니었습니다. 낙하산 강하는 정말이지 신뢰의 문제였어요. 정말로 긍정적인 생각으로 시작해서, 결국엔 신뢰는 절대적으로 필연적인 것이 되었지요. 바로 삶에 대한 신뢰였지요. 저는 그렇게 생각합니다… 어쨌든 여러분은 저를 꽤 오래전부터 알아왔습니다. 가령 제가 오늘 밤에 했던 말들이, 제가 파리에 돌아온 11월 이후, 제가 여러분에게 했던 말들이 입대 전에 품었던 생각과는 완전히 다르다는 것을 알 수 있을 만큼요. 저는 전혀 무관하지 않다고 생각해요. 어쨌든 접점이 있어 보입니다. 어쨌든 이런 사실들과 연결시킬 수 있는 가능성이 있을 것 같아요. 어쩔 수 없이 어떻게 해서든 신뢰해야만 한다는 사실, 무엇인가를 거부할 수 없고… 부인할 수도 없고, 가령 허무주의 속으로, 더 나가서는 지적우월주의 속으로 숨어들 수도 없고, 심지어 더는 지적인 것으로 만들 수 없다는 사실과 말입니다! 우리 앞에는 허공이 있고, 단숨에 뛰어내려야만 합니다. 단번에 두려움과, 포기를 거부해야만 합니다. 그러고 나서… 그러고 나서 감행해야 합니다. 저는 열세 번 뛰어내렸고, 열세 번 감행했습니다. 열세 번 포기하고 싶었고, 이렇게 제게 말하고 싶었습니다. "그래, 소용없어, 결국 내가 거부한다면, 지금은, 내가 해본 적이 있다고 해봐야, 그런 건 전혀 중요하지 않아, 그래도 두려울 수 있으니까." 정확하게 이런 말들은 아니었을지도 모릅니다… 제가 단 한 번이라도 즉각적인 감정… 말하자면 용감하다는 느낌이 들었다면, 제가 말하는 용감하다는 단어는 그저 그런 의미가 아니라, 우리가 생각하는 대로, 끊임없는 초월이라는 의미입니다… 그런 느낌이 단 한 번이라도 들었다면, 400미터 상공에서 허공으로 몸을 던지는 행위가 완전 무용한 행위가 되어버린다고, 반향… 파시스트적인 반향을 일으키는 행위가 되어버린다고 생각합니다. 정말입니다. 파시스트적인 반향이라고 했습니다. 낙하산 부대원이라는 사실에는 무언가 의미가 담겨 있으니까요. 그것은 오로지 한 가지 목표를 가진 남자들로 이루어진 어떤 단체에서 살아가는 것입니다. 그 목표는 계속해서 공화국을 파괴하는 것이죠. 결국, 대령들이 통치하는 알제리를 말하지요, 그게 무엇인지 알잖아요. 그러니까, 저는 어쨌든 뛰어내려야만 했습니다. 제가 그렇게 하지 않았다면, 저는 오늘 밤 여기에 있을 수 없었을지도 모릅니다. 어떻게든 해야 했습니다. 저는 허공으로 돌진해야 했습니다. 그리고 무슨 수를 써서라도 그 어려움을 받아들여야만 했습니다. 이제 저는 앞으로 다가올 어려움들과 그것을 비교해야 합니다, 그런… 상황과 비교해야만 합니다. 어쩌면 저는 지식인이어서, 늘 약간 독특한 비교에 끌리는 사람이라서 그럴 수도 있습니다. 저는 그때 반드시 뛰어들어야만 했습니다. 다른 것을 할 수는 없었습니다. 어쩌면 어떤 의미가 있다고, 어쩌면 심지어 자신도 몰랐던 파급 효과가 있으리라 확신하기 위해서라도 반드시 뛰어내려야 했습니다. 자신을 내던져야 했습니다. 이것은 철저하게 개인적인 측면에서, 절대 부인할 수 없는 반향을 일으켰습니다. 1958년 이전에 저는 제 자신을 인정할 수 없었지만, 지금은 꾸준히, 계속해서 인정할 수 있으며, 이전에는 자신을 정의하지 못했지만, 지금은 대체로 저 자신을 정의해낼 수 있습니다. 그리고 실제로 이런 일이 더는 아무런 문제도 되지 않습니다. 더 일반적인 관점에서 보면 도리어 중요해집니다. 그게 바로 지금 이곳에 우리가 있는 이유니까요. 우리 모두는 어느 정도 『논증』에 참여하고 있고, 그리고 이 잡지는 형태를 갖추어가고 있습니다. 2년 전부터 그렇게 형태를 찾아가고 있어요. 이건 오로지 제 개인적인 느낌입니다. 잡지 역시 뛰어들어야만 하고, 뛰어내리는 것을 받아들여야만 합니다. 여기까지입니다.

클레버 크롬

사과는 무엇인가? 왜 사과인가? 사과나무는 무슨 권리가 있는가? 대체로 사과나무는 자신의 정당한 권리를 확신한다고 알고 있다. 그리고 사과나무의 실존과 기능의 정당성과 타당성에 대해 의문을 품는 것이 위험한 일은 아니라 해도, 쓸모없는 일임을 잘 알고 있다. 그런데 결국, 그 시기가 언제든, 우리가 대개 명백함이라고 지칭하는 것이 그 기능을 멈추는 시간이 온다. 걷는다고 해서 움직일 수 있음을 증명할 수 없고, 숨을 쉰다고 해서 살아 있다고 할 수 없는 시기가 온다. 그때부터 전부 다 질문이 되지만, 답은 어디에도 없다. 의문을 품는 순간, 그 질문은 오로지 파괴하는 것 말고 다른 결과는 없어 보인다. 진실과 증거를 찾겠다고 추적하던 이는 그저 의혹에 사로잡히고 만다. 게다가 질문하는 **내가**, 심지어 실제로 존재하는지 제대로 확신이 서지 않는다면, 어떻게 질문할 수 있을까?

마치 단 하나의 정체(호적 서류와 전과 기록, 인상착의, 전화 도청 메모, 조사 보고서, 그리고 미용사, 세무 관리, 카페 종업원처럼 평판이 좋은 사람들이 선의로 말한 다양한 증언들로 어쨌든 분명하게 확인했다.)만이 사실임을 증명하겠다고 대부분의 시간을 보내는 특별 임무를 띤 스파이처럼, 거짓으로 익사하고, 거짓으로 사라졌지만 찾아낸 사람, 가명을 사용하다 후에는 자신의 이름으로 기사를 썼던 가짜 신문기자, 클레버 크롬이 있다. 그의 이름을 발음하면 금속성이 느껴지고, 군대 분위기가 풍기지만 자신의 이름에 조금 지나치게 안심하는 클레버 크롬은 자문할 만한, 자기 존재의 진리를 증명할 분명한 이유들을 갖춘 듯이 보인다.

그러나 매력적인 시도이지만, 대개 실망스럽다. 흔적을 지우는 자, 추억을 다듬는 자, 기억을 씻어내는 자(이것들이 그 인물을 괴상하게 치장한 별명이다.)는 아무리 온갖 함정을 파보고, 어떻게 해서든 접근해보려고, 계속해서 속임수와 우회로를 찾아보려 하지만, 때로는 우스운 꼴이 될 정도로 대부분 너무 하찮은 결과에 도달할 뿐이다. 명철함이나 지력이 부족해서가 아니라, 그가 살아가는 영역이 아무런 영향력을 행사하지 못하기 때문이다. 마치 출구들은 가짜이고, 열쇠 뭉치를 갖고도 어떤 문도 열지 못하는 것 같다. 그럼에도 어떠한 방식도 거부하지 않는 인내심을 갖고, 클레버 크롬은 끝까지 일을 밀어붙인다. 하지만 그가 자신의 추억들과 도시와 시간, 공간 그리고 우정과 사랑, 고통, 심지어 문학 그 자체와 싸워보려 해보지만, 그저 제자리를 맴돌 뿐이다. 결국, 오로지 죽음만이 한계를 만들어줄 터이고, 그 한계에 이르면 삶은 명백함이라는 특징을 되찾게 될 것이다.

이 책은 헛된 추적의 흔적이고, 그런 추적에는 진실을 찾으려는 글쓰기의 과정이 분명하게 드러난다. 게임의 규칙은 아주 단순하지만, 실제 시합은 정말 끔찍할 정도로 더 복잡하다.

모리스 나도에게 보낸 편지

1969년 7월 7일 월요일

친애하는 모리스 나도 선생님께,

지난 화요일에 말씀드렸던 것처럼, 현재 제 계획
들을 알리고자 선생님께 편지를 씁니다. 또 한편으로
는 편지를 쓰면서 좀 더 구체적으로 적어가며, 계획
들을 더 명확하게 정리를 해볼까 합니다.

저는 『실종*La disparition*』을 끝낸 지난 9월부터, '청
탁'받아 쓰긴 했지만 대체로 흥미로웠던 몇 권의 책

을 집필했습니다. 자크 루보, 피에르 뤼송과 함께『바둑 개론_Le petit traité de go_』을 썼고,『프로그램된 학습 _Enseignement programmé_』지紙에 아주 긴 문체 연습을 기고했습니다. 레몽 크노[23]가「당신 방식의 이야기」에서 했던 작업과는 완전 반대되는 방식으로, 저는 순서도를 선형線形으로 발전시켰습니다. ('직장 상사에게 임금 인상을 요청하기'라는) 주어진 상황에서, 일어날 수 있는 가설, 양자택일의 상황, 그리고 그 결정들을 전부 한 페이지짜리 도식에 표현했는데, 계속해서 우연히 일어날 수 있는 사건들을 전부 찾아내기 위해서 스물두 개의 순서도 두 묶음을 만들고, 글씨는 작게 써야만 했습니다. 반복을 기본으로 삼은 이런 방식의 문체 연습은 제법 흥미롭고 재미있는 작업으로 마무리되었습니다. 몇 달 후에 독일 라디오 방송국에서 관심을 보여 라디오 극으로 만들기도 했습니다.[24] 청탁받은 작업들 외에, 거의 석 달 정도 집중해서 리포그램의 역사[25]에 대한 짧은 글도 하나 썼습니다.

이 기간 동안, 그러니까 거의 1년 동안, 저는 사

실상 새로운 책을 시작하거나, 어느 정도 작업을 진행했던 책들도 이어가지 못했습니다.

『실종』 집필을 시작한 1967년 12월, 저는 진행 중이던 모든 작업을 전부 방치했습니다. 대략적으로 말씀드리면 당시 저는 세 가지 계획을 진행하고 있었습니다.

첫 번째는 마르셀 베나부와 함께했던 공동 작업인데, 소소하게 이런 제목을 붙였습니다. 『프랑스 문학의 자동 기술을 개괄하는 프로젝트와 관련된 초기 시도들*Premiers Travaux Relatifs à un Projet Général de Production Automatique de Littérature Française (PALF)*』. 이것은 엄청난 작업이라 망설임 없이 단언할 수 있습니다. 『로베르』와 『리트레』 사전을 전적으로 참조한 이 작업을 통해 다음과 같은 사실을 증명해냈기 때문입니다. '프롤레타리아는 그들의 매력을 하나도 잃어버리지 않았고, 전세계 사제들은 단결해야만 하며, 개선문과 콩코르드 광장 사이에는 샹젤리제가 있고, 재봉틀과 우산은 심층적인 분석의 장에서 만날 수 있다'.[26] 오로지 우리

두 사람의 타고난 게으름 탓에, 어떤 때는 두 사람의 게으름이 합쳐져서 작업을 끝맺지 못하고 있지만, 곧바로 다시 작업을 착수하겠다고 단단히 마음먹고 있습니다. 파예 출판사에서 70년 2분기에 출간되는 '번역'을 주제로 한 잡지에 그중 일부를 발췌해서 기고하기로 약속했으니까요. 제 생각에는 내년 초에 그 원고를 선생님께 보여드릴 수 있을 것 같습니다.[27]

두 번째 프로젝트에는 이런 제목을 붙였습니다.

『나무, 에스더와 그 가족의 역사

L'arbre, Histoire d'Esther et de sa famille』

여기서는 제 모계와 부계, 그리고 저를 입양한 가족들[28]의 계통수를 최대한 정확하게 묘사하고 있습니다. 제목에서 알 수 있듯, 이 프로젝트는 수형도樹形圖로 이루어진 책입니다. 시간 순서를 따라 전개되지 않으며, '프로그램된 학습[29]'의 개론서처럼 인식될 여지도 있고, 그 뒷이야기를 이어서 읽기도 어렵습니다.

그러나 이 책을 통해 끊임없이 서로 교차하는 다양한 이야기들을 찾아낼 수 있으리라 기대합니다. (이를 위해 보충 자료로서가 아니라, 실질적이며, 핵심적인 일부로 색인을 활용할 생각입니다.) 이 프로젝트는 이미 작업이 많이 진행되었습니다. 6개월 넘게 매주 한 번꼴로 (책의 핵심 인물인) 제 고모님을 만나 인터뷰하고 있습니다. 그리고 몇 가지 초안들을 써보기도 했고요. 하지만 진지하게 작업에 착수하려면 아직도 취재할 내용이 더 많으며, 다룰 내용을 정확하게 구분해내야만 합니다. 제가 신경을 많이 쓰고 있는 프로젝트이지만, 본격적으로 이 작업에 착수하는 데 약간의 두려움을 느낍니다.[30]

가장 많이 작업을 했고, 계획에 따르면 제가 집중해야 하는 프로젝트가 바로 세 번째인데요, 제목은 다음과 같습니다.

『시절 *L'âge*』

이 작업은 1966년부터 시작했습니다. 아마 『잠 자는 남자*Un homme qui dort*』를 끝낸 직후였을 겁니다. 이 것은 이야기 형식인데요, 좀 더 자세히 말씀드리면, 앙드레 고르즈가 『현대*Les Temps modernes*』지에 발표한 「나이 듦*Le vieillissment*」을 설명해가면서 발전시킨 일련 의 텍스트라고 할 수 있습니다. 좀 더 발전시켜서, 대 체로 『사물들』이나 『잠자는 남자』에서 사용한 문체로 30대(처음 생각했던 제목은 『30대의 장소들*Les lieux de la trentaine*』입니다)와 관련해서 통과, 낡음, 무력감, 충만 감이 뒤섞인 감정들을 포착하고, 묘사해서, 채워보려 했습니다.

『실종』을 한창 작업하는 중에 이 프로젝트가 떠 올라서, 여기에 형식적인 제약을 연결해보면 어떨까 생각했습니다. 형식적인 제약이란, 앞서 말한 감정들 을 보여주고 울림을 만들어줄 수 있는 단어들을 병렬 과 대응이라는 두 가지 시리즈로 구성하는 것입니다.

l'amarre(라마르/밧줄), l'amer(라메르/쓴), la mire(라미르/조준), la mort(라모르/죽음), la mûre(라뮈

르/익은), la moire(라무와르/물결무늬), l'amour(라무르/사랑)

그리고

L'épars(레파르/흩어진), l'épeire(레페르/큰 거미), le pire(르피르/최악), le port(르포르/항구), le pur(르퓌르/순수한), l'e(s)poir(레(스)프와르/희망), le pour(르푸르/찬성)….

(이런 것도 덧붙일 수 있을 것 같아요, 아닐 수도 있지만요. la mare(라마르/늪), le porc(르포르/돼지) 같은 거요, 그렇지만 le père(르페르/아버지) la mère(라메르/어머니)는 꼭 필요하진 않습니다.)

실제로 적용한 방식은 아닙니다. 그보다는 차라리 레리스[31] 책을 한 번 읽거나 혹은 더 꼼꼼하게 읽을 때 만드는 독서카드 같은 거라고도 할 수 있어요. 이러한 표식을 통해서 담론이 만들어질 수도 있습니다. 수사학자들이 작성한 '(공동의) 장場'이라는 목록 같은 거지요. ('수사학적인 장'이라는 개념은 바르트를 통해 알게 되었는데, 이것은 제가 글쓰기를 통해 재현할 때 핵심이 됩니다. 가령 『사물들』은 '탐욕스러운 매혹의 장'이고, 『잠자는 사람』은 '무관심의 장'이라고 할 수 있지요. 그리고 선생님은 이런 개념이 제게 있어 중요하다는 사실을 천천히 확인할 수 있을 겁니다.) 이중 표식을 통해서 '제가 말하고 싶었던' 것의 총체성이 자리를 잡게 되었습니다. 예를 들면, 나이듦(성숙), 두려움(최악… 죽음), 아주 멀리 잡은 프로젝트(조준), 흩어짐(분산된), 보호(밧줄, 항구), 무기력(씁쓸함), 안락함의 광채(일렁이는 모양) 등등….

저는 이 책을 계속 써나가기 위해서, 다시 시작해보려고, 어쩌면 실제로 다시 시작했는지도 모르겠지만, 여러 번 적지 않은 노력을 해보았습니다. 형식적인 틀은 꽤 맘에 들었지요. 여전히 제 맘에 듭니다. 하지만 현학적으로 보일 수도 있는, 그러니까 제가 이 책에서 제기하는 문제들이라 할 만한 것에, 이제는 관심이 많이 사라졌습니다. 제 내면의 문제들에 저는 조금 냉담해졌습니다. 더 정확히 말씀드리면, 이제는 제 내면의 문제들을 진정한 출발점으로 여길 수가 없습니다. 사실상 저는 제가 간직해왔던, 제가 더 크게 볼 필요가 있는, '이야기'에 대해 더 대단한 무언가를 기대하지 않는 것 같습니다.

얼마 후에, 어쨌든 이 기획을 이어갈 필요한 자극을 제대로 발견하지 못한 채로 저는 『시절』을 훨씬 더 방대한 프로젝트 속에 포함시켰습니다. 10년, 어쩌면 12년이 걸릴 계획에 말이죠. 그 프로젝트에서 『시절』을 상황에 맞게 고쳐보려 했습니다. 『잠자는 남자』에서 그렸던 것을 보완한 '예술가의 초상', 즉 작가에 초점을 두고자 했습니다. 작가 주변인들은 『사물들』이 그렸던 시대에 초점을 두었을 테지만요. 그리고 『실종』을 통해 만들어낸 글쓰기에도 초점을 맞추었습니다. 어쩌면 『시절』을 다시 수정해서 쓰겠다는 생각이 여기에 포함되지 않을 수 있겠지만, 그럼에도 총체적인 계획과 세 가지 쟁점은 남아 있습니다. 사실 그 계획에서 무엇보다 욕망을 알아봐야만 합니다. 제가 처해 있는 위치를 조금 더 잘 알아보고자 하는 욕망, 그리고 거의 대부분의 제 과거 작업들이 그저 일련의 단계 역할을 하며, 마침내 조금 더 야심찬 무언가에 도달하게 해준다는 전체적인 기본 방향에 따라 제 계획들을 발전시키고자 하는 욕망을 찾아내야만 합니다. 바로 **그 책**은 『잃어버린 시간을 찾아서 *Recherche du temps perdu*』나, 『놀이의 규칙 *Règle du jeu*』[32] 같은 것이겠지요. (『실종』이 저를 막고 있던 것을 풀어주고 몇 발짝 앞으로 나갈 수 있게 해주었다는 점에서 — 제게는 분명한 사실입니다 —, 너무 큰 공포심을 품지 않고 어느 정도 규모의 프로젝트를 시도할 수 있는 다시 오지 않을 기회라고 농담처럼, 하지만 분명하게 말씀을 드려야만 합니다.)

작년 여름에 처음 계획을 세운 이후, 상당한 수정을 거친 이 총체적인 프로젝트는 하나의 방대한 자서전 세트입니다. 책 네 권이 그 중심에 있으며, 이 계획을 실현하기까지 적어도 12년이 걸릴 것입니다. 12년이라는 숫자를 대충 말씀드리는 것은 아닙니다. 이는 네 권 중 마지막 책 집필에 필요한 시간이고, 책 세 권을 작업하는데 필요한 시간도 포함하고 있습니다. 네 번째 책은 정말 거창한 구상에서 출발했는데, 어쨌든 흥미로운 요소들이 상당하다고 생각합니다.

저는 파리의 거리, 광장, 교차로 등 열두 곳을 선

정했습니다. 제가 간직한 추억들과 제게 일어난 사건들, 혹은 제 삶에서 중요한 순간들과 연결된 장소들이지요. 매달 이 장소 중 두 곳을 묘사합니다. 첫 번째는 바로 그 장소에서(카페 혹은 바로 그 거리에서) '눈에 보이는 것'을, 가능한 한 감정을 최대한 배제해서 묘사합니다. 상점들, 건물의 세부 사항들, 아주 소소한 사건들(지나가는 소방차, 돼지고기 가공 상점에 들어가기 전에 개를 묶고 있는 부인, 이사, 광고물, 사람들, 기타 등등…)을 열거합니다. 두 번째는 장소에 상관없이(집, 카페, 사무실), 어디서든 기억 속 장소를 묘사합니다. 그 장소와 관련된 추억들을, 그곳에서 알게 된 사람들이나, 다른 기억들을 떠올립니다. 글쓰기가 끝나면(몇 줄로 끝날 수도 있고, 대여섯 페이지 혹은 그 이상이 될 수도 있습니다) 바로 봉투에 넣고 밀봉을 합니다. 1년이 지나면, 제가 선정한 장소들을 두 번씩 묘사할 수 있는 셈이죠. 한 번은 추억의 방식으로, 한 번은 그 장소에서 실제 묘사로 말입니다. 미국에서 연구하고 있는 인도 출신 수학자가 보내준 방식(12차 직교라틴방진[33])에 따라서 두 장소를 번갈아 가며 저는 그렇게 12년

동안 매년 다시 시작합니다.

　이 작업은 1969년 1월에 시작했습니다. 그러니 1980년 12월에 끝이 나겠죠! 그때 저는 288개의 봉인된 봉투를 열고, 정성스럽게 그것들을 다시 읽고, 베껴 쓰고, 필요한 색인들을 만들겠지요. 최종 결과물을 어떻게 할지 아주 명확한 생각을 갖고 있지는 않지만, 그 작업을 통해 장소들의 나이 듦과 내 글쓰기의 나이 듦, 내 추억의 나이 듦을 동시에 볼 수 있으리라 생각합니다. 되찾은 시간은 잃어버린 시간과 뒤섞이는 셈이죠. 시간은 이 계획과 끈끈하게 연결되어 있으며, 또한 이 프로젝트의 구조와 제약을 이룹니다. 책은 이제 지나간 시간을 재현해내는 것이 아니라, 흘러가는 시간을 측정합니다. 말하자면, 모르는 체하거나 혹은 마음대로 재현하거나(미셸 뷔토르의 『시간의 사용 L'emploi du temps』), 언제나 책의 옆에서 머물러 있기만 했던(프루스트의 작품에서조차), 이제껏 하찮게 여겨지고 죽은 시간이었던 글쓰기의 시간이 여기서는 핵심 축이 될 것입니다.

　이 프로젝트 제목은 아직 정하지 못했습니다. 아

마도 『로키 솔리*Loci Soli*』 (혹은 『솔리 로키*Soli Loci*』[34]) 혹은, 더 단순하게, 『장소들』이 될 수도 있을 것입니다.

(결국 매달 두 편의 글을 쓰는 것으로 정리되는) 이 프로젝트에 드러나는 저의 자서전 글쓰기 기획은 세 권의 책이 포함됩니다.

(실천 순서가 아니라 논리적인 순서에 따라서) 첫 번째는 이미 말씀드린 제 가족의 이야기입니다.

두 번째는 완전히 잊고 지냈던 아주 오래전 프로젝트인데, 어느 날 갑자기 다시 떠올랐습니다. 제목은 이러합니다.

『내가 잤던 장소들*Lieux où j'ai dormi*』

이 프로젝트는 『잠자는 남자』가 그랬듯, 『잃어버린 시간을 찾아서』의 처음 몇 문장들로 시작합니다. 아마도 대부분의 사람처럼, 어둠 속에 몸을 누였을 때, 저는 특별한 노력을 하지 않고도 오래전 방을 다시 떠올릴 수 있으리라 생각했습니다. 침대를 기준으로 벽과 가구, 문과 창문의 위치를 다시 떠올리고, 그 방 안에 있던 제 몸의 자세에 따라 몸이 느꼈던 기억을 거의 육체적으로 다시 느낄 수 있으리라 생각했습니다. 『내가 잤던 장소들』은 일종의 방들의 카탈로그가 될 것입니다. 방들을 세심하게 떠올리면(그리고 방과 연결된 추억들을 떠올리면) 소위 밤의 자서전의 밑그림이 될 것입니다. 막연하지만 레리스의 『밤이 없는 밤Nuits sans nuits』이 이 책의 모델이 되리라 생각합니다.

세 번째 책은 모험 소설입니다. 이 책은 어린 시절의 기억에서 비롯되었습니다. 아니, 더 정확하게 말하자면, 열두 살 무렵 처음 받았던 심리 치료 중에 제가 마음껏 키워나갔던 환상에서 시작되었습니다. 까맣게 잊고 있었는데, 1967년 9월 어느 저녁 베니스에서 갑자기 떠올랐습니다. 그때 저는 상당히 술에 취해 있었습니다. 어쨌든 그 환상을 소설로 만들어내겠다는 생각은 훨씬 더 시간이 흘러서 들었어요. 제목은 이렇습니다.

『W』

W는 테르 드 푸Terre de Feu [35] 군도 어딘가에 있는 섬입니다. 그곳에는 검은색 대문자 W가 새겨진 하얀 운동복을 입은 육상선수들로 이루어진 종족이 살고 있습니다. 저는 이것밖에 기억이 나지 않습니다. 어쨌든 W섬에 대해서 (말이나 그림으로) 이야기를 자주 했던 기억이 납니다, 그리고 이제 W섬 이야기를 하면서 제 어린 시절을 이야기할 수 있다고 생각합니다.

원칙적으로 W는 세 번째로 쓸 책이었습니다. 1975년 혹은 1977년으로 대충 계획을 세웠었죠! 그런데 대략 6주 전부터 곧바로 이 작업에 착수해야겠다고 거의 마음을 굳혔습니다. 그 이유를 설명하기는 어렵습니다. 하지만 『내가 잤던 장소들』은 멀리 보고 세운 계획이고, 아직까지 그 책을 위한 아무런 메모도 없습니다. 그 책을 쓰려면 수많은 다이어리와 수첩 같은 것들을 다시 찾아서, 모으고, 하나하나 다시 정리해야 합니다. 『나무』도 마찬가지로 필요한 자료들을 다 모으지 못했습니다. 그리고 말씀드린 것처럼,

이 작업을 끝까지 밀어붙일지 망설이고 있습니다.

반면 저는 『W』에 끌립니다. 이 책은 모험 소설이자, 여행 소설이며, 성장 소설이기도 합니다. 쥘 베른이나 루셀, 혹은 루이스 캐롤의 소설처럼요!

쥘 베른의 『그랜트 선장의 아이들*Les enfants du capitaine Grant*』[36]을 흉내내서 초안을 쓰며 저는 몹시 흥분했습니다. 하지만 결론적으로 이것들이 정말 완결된 원고라고 판단하지는 않습니다. 매번 쥘 베른을 따라갔고, 그러면서 이런 생각이 들었습니다. 쥘 베른이 당대 과학의 몇 가지 이미지(실증주의, 과학주의, 전기의 마법적인 힘, 식민지 개발)를 그렸듯이, 저도 똑같은 것을 할 수 있으리라는 야망을 품었고요, 그래서 정신분석적(이 점에 대해서는 의혹을 살 수도 있겠습니다.)이고, 민속학적이고, 정보 과학적이며, 언어학적인 자료들에 바탕을 두며 제 모험들과 W 사회의 묘사를 시도할 수 있었습니다. 그런데 초기의 흥분이 지나가자, 저는 저 자신에게 신중하라고 충고했고, 『니니포치의 단편들*Fragments d'un Ninipotch*』[37]이라고 이름 붙이고 6개월 이상 진척시키지 못했던, 약간 유사한 이전 프로젝트가 생생하게 떠올랐습니다. (꽤 재미있는 부분들부터 다시 읽어봤는데, 전체적으로 보면 실패한 것 같다는 생각이 듭니다.)

대략 3주 전쯤에 이런 종류의 프로젝트에 가장 적합한 형식은 연재라고 생각했습니다. 잡지에 정기적으로 싣는 것 말입니다. (다 쓰고 나서 자르는 방식이 아니라요, 요즘 대부분 연재물이 이런 방식이지요) 일간지가 된다면 매일매일 제게 새로운 창작을, 그날 치 연재를 만들어내라 강요하겠지요. 각각의 연재분은 다행스럽게도 이전 회를 매듭지을 것이며, 미스터리와 불확실함(혹은 긴박함) 속에서 다음 회를 준비하게 되겠지요.

저는 이런 생각에 흥분해 있습니다. 소설 창작에서 가장 멋진 방식은 연재라고, 그래서 발자크, 졸라, 외젠 쉬, 뒤마, 스테른 같은 작가들이 글을 쓸 수 있게 해주었다고 생각했습니다. 저는 그 즉시 뵈브메리[38]에게 제가 '진행 중인 작업'을 매일 연재할 수 있는지 편지로 물었습니다. 곰곰이 따져보니, 뵈브메리는 틀림없이 동의하지 않을 것이라는 생각이 제일 먼저 들었고, 그다음에는 매일 써야 한다는 제약은 분명 지나치게 강제적이고, 세 번째로는 제가 언급한 작가들은 연재라는 제약이 아니어도 위대한 작가들이라는 생각이 들었습니다. 그들은 연재 때문에 위대한 작품을 쓴 것이 아닙니다.

그럼에도 저는 여전히 연재의 매력에 사로잡혀 있습니다. 3주 전에 느꼈던 것만큼 꼭 필요하다는 생각은 들지 않지만요. 매일 연재한다는 것이 지나친 제약임을 인정하기에, 일주일에 한 번, 혹은 한 달에 두 번은 어떨까 하는 생각이 듭니다. 혹시라도 이 부분에서 선생님이 미소 지으셨다면, 『라캥젠느 리테레르 *La Quinzaine littéraire*』[39]에 기고하는 것을 어떻게 생각하시는지요? 솔직하게 말씀드리면, 이런 질문을 하면서 외부적인 자극에 의지하는 것이 반드시 필요한지를 따져봤습니다. 외부적인 자극은 『실종』에서 알파벳 'e'를 사용하지 않는 것과 같은 역할을 『W』에서 하게 될 것입니다. 글을 쓰는 것은 언제나 어렵습니다. (언제나 예전만큼 어렵습니다.) 그리고 이야기를, 모험을, 일화들을 그리고 특별한 사건들을 이야기하는 것은 훨씬 더 어렵습니다. 무엇보다 가장 어려운 문제는 분명 말할 것도 없이 시작입니다. 제가 제대로 발동이 걸리게 된다면, 그리고 제가 여전히 연재라는 형식에 의지할 필요가 있다고 생각한다면, 『W』의 앞부분을 선생님께 보내드리겠습니다. 그때쯤이면 지금 제게 부족한 출발점이라든가, 방식, 리듬, 문체 같은 것을 찾아냈을 겁니다. (제가 부족한 것은 단지 그것만은 아닙니다. 사실 부족한 것이 너무 많습니다. 하나씩은 가능한 것 같지만, 제대로 시작한 것은 없습니다.)

이렇게 제가 계획 중인 것들을 대략 말씀드렸습니다. 새로운 책을 시작하는 시점이고, 앞으로 몇 년간을 위해 꽤 많은 계획을 세웠습니다. 저는 이 자전적 글쓰기 전체를 아우를 제목을 정하지 못했습니다. 게다가 선생님도 눈치채셨을 것 같은데, 개별적인 각각의 프로젝트는 일반적으로 자전적이라고 일컫는 것과는 막연하게 관련이 있을 뿐입니다. 사실 『W』는 한 편의 소설입니다. 『나무』는 한 집안의 연대기이고,

나무-소설(흔히 대하-소설이라고 말하는 것처럼)이라 할 수 있습니다.

『W』를 언제 끝낼 수 있을지는 전혀 모르겠습니다. 현재로서는 이 계획은 여기저기 산만하게 퍼져 있지만, 여름이 끝나기 전에 제 생각들이 조금 더 자리를 잡을 수 있으리라 생각합니다.

모리스 나도 선생님, 그럼 안녕히 계십시오.

가을의 뇨키[40] 혹은 나와 관련된 몇 가지 질문에 대한 답변

길 반대편 지붕 가장자리 위에 비둘기 세 마리가 한참 동안 움직이지 않고 그대로 있다. 비둘기들 오른쪽 위로 굴뚝에서 연기가 난다. 추위를 타는 참새들은 배수관 꼭대기에 앉아 있다. 거리에서 낮은 소음이 들린다.

월요일. 아침 9시. 아주 오래전에 약속한 이 글을 쓰기 시작한 지 벌써 두 시간째다.

처음으로 떠오르는 질문은 분명 이런 것이리라. 왜 마감까지 기다렸는가? 두 번째 질문은 왜 이런 제목이고, 왜 이렇게 시작하나? 세 번째 질문은 왜 이런 물음들로 시작하는가?

무엇이 그토록 어려운가? 왜 고작 내 친구 몇 명 정도만 웃을, 이해하기 힘든 말놀이로 시작하는가? 내가 일찍 일어나는지 제대로 보여주겠다며, 왜 거짓으로 어정쩡한 묘사를 힘겹게 이어가는가? 그것은 내가 많이 늦었고, 늦었다는 사실이 난처해서 그렇다. 내가 늦었다는 사실만이 분명하다면, 앞으로 이어지게 될 몇 페이지에서 할 바로 그 이야기가 나를 난처하게 한다. 나는 난처하다. 좋은 질문이란 바로 이런 거다. 왜 나는 난처한가? 나는 난처해서 난처한가? 내가 난처한 상황임을 증명할 작정인가? 아니면 나를 난처하게 하는 이가 누구인지 증명해야만 하는가?

이렇게 질문을 늘어놓으면 끝도 없을 것 같다. 이런 이야기라면 자기 존재에 대해 장황하게 글을 쓰고, 명철한데 절망에 빠지고, 고립되었지만 연대하는, 의식은 바르지 못한데 멋진 문장들을 사용하는 모순된 상황이라는 시궁창에 빠져버린 작가가 다루는 주제다. 몇 년째 계속 그러고 있지 않은가. 이제 그만하자, 이미 넘치지 않은가. 곰곰이 따져보니, 나는 이런 주제에 한 번도 관심을 두지 않았다. 지식인들을 판단하는 것은 내가 할 일이 아니다. 나는 예술을 위한 예술이든, 참여 문학이든 뭐든, 그 난장판 속으로 다시 떨어질 생각은 없다.

오히려 도달할 수 있을지가 바로 내 문제이다. 나는 진실(왜 내가 남들보다 더 진실을 잘 알 수 있다고 확신하는가, 그러니까 내가 무슨 권리로 발언권을 가질 수 있겠는가?)이나, 정당성(이는 말들과 나 사이의 문제이다)을 이야기하는 것이 아니다. 이보다는 진정성에 도달할 수 있을까 하는 문제이다. 이는 도덕의 문제가 아니라, 실천의 문제이다. 분명 이것이 내가 품고 있는 유일한 질문은 아니지만, 거의 계속해서 내게는 유일하게 핵심적인 질문으로 여겨진다. 그러나 내가 꼭 집어서 진정성을 문제 삼는다면, 어떻게 (진정성 있게) 대답해야 하나? 여기에 더불어, '자화상'이라는 내면의 거울 놀이에서 빠져나오기 위해서 어떻게 해야 하나? '자화상'은 쓸데없는 부분을 잘 제거한 의식과 잘 갈고닦은 지식, 그리고 정성 들여 부드럽게 쓴 글쓰기를 여러 번 반복해서 거울에 비추는 것 이상은 아니다. 훈련된 원숭이가 그린 예술가의 초상이라 할까. 그렇다면 나는 광대라고 '진정성 있게' 말할 수 있을까? 수사학적인 도구를 모두 동원했음에도 불구하고, 나는 진정성을 다룰 수 있을까? 그 수사학적인 도구의 중심은 선행하는 문장들을 따라 계속해서 새겨진 물음표들인데, 이는 오래전부터 의혹법이라 불렸던 문체이다. 나는 정말로 어느 정도 섬세하게 균형을 맞춘 문장 몇 개로 해결할 수 있길 바라도 될까?

  '결과와 마찬가지로 수단도 진실에 속한다.'[41] 오랫동안 이 문장은 나와 함께했다. 그런데 내가 명언이나, 인용문, 슬로건 혹은 아포리즘의 영향에서 벗어날 수 있다는 믿음이 점점 더 희미해진다. 나는 저

장해둔 것을 전부 사용해버렸다. '나는 가면을 쓴 채 나아간다'[42], '나는 나를 돌아다니기 위해 글을 쓴다'[43], '그 문을 열고 사람들을 보라'[44] 기타 등등. 때로는 여전히 어떤 것들은 마음에 들고, 감동하기도 한다. 여전히 풍부한 교훈도 있어 보인다. 하지만 그 문구들에서 원하는 것만 취하고, 버리고, 손질한다. 문구들은 우리가 요구하는 온순함을 완벽하게 갖췄다.

그럼에도 불구하고… 무엇이 좋은 질문일까? 그것은 내가 정말로 대답할 수 있는 질문일까? 내가 나에게 정말로 대답할 수 있는 질문인가? 나는 누구인가? 나는 무엇인가? 나는 어디쯤 있는가?

나는 지나온 길을 따져볼 수 있나? 언젠가 내가 실제로 목표를 세우기라도 했다면, 나는 몇 가지를 완수했는가? 지금 나는 예전에 내가 되고 싶어 했던 나라고 말할 수 있나? 내가 살고 있는 세계가 내 열망에 부응하는지 묻지는 않겠다. 아니라고 대답하는 순간, 더 앞으로 나갔다는 느낌을 받지 못할 것이기에.

그런데 내가 이 세상에서 끌어가는 삶은 내가 원했던 것에, 내가 기대했던 것에 부합하는가?

처음에는 전부 단순해 보인다. 나는 쓰고 싶었고, 그래서 썼으니까. 글을 썼기에 작가가 되었고, 처음 한동안 내 눈에만 작가였지만, 지금은 다른 사람들에게도 작가이다. 원칙적으로 이제 (내 눈으로든, 다른 사람들 눈으로든) 나를 증명하고 싶은 욕구는 없다. 왜냐하면 나는 작가이니까. 이는 기정사실이고, 정보이며, 명백함이자, 정의定義이다. 그러니까 나는 쓸 수 있거나 쓸 수 없다. 나는 몇 주 혹은 몇 달 동안 쓰지 않고 있을 수 있거나, 혹은 '잘' 쓸 수 있거나, '못' 쓸 수 있다. 그런다고 해서 무엇도 달라지지 않는다. 이것은 작가로서의 내 일을 부차적이거나 보완적인 일로 만들지 않는다. 나는 (글 쓰는 시간을 만들어보려는 것을 제외하고) 글쓰기 말고는 아무것도 하지 않는다. 다른 것은 할 줄 아는 것이 없다. 다른 것을 배우고 싶지도 않았다. 살기 위해서 글을 쓰고, 쓰기 위해서 산다. 그리고 글쓰기와 삶이 완전하게 뒤섞일 수 있다고도 물론 상상해봤다. 가령 시골 은신처에 깊숙이 처박혀서 몇 권의 사전과 함께 살아가는 삶. 아침마다 숲을 산책하고, 오후가 되면 종이 몇 장에 새까맣게 쓰고, 저녁이면 때때로 음악을 조금씩 들으며 기분을 풀 수도 있을 삶.

우리가 비슷한 생각들(그저 대략적인 생각들이라고 해도)을 하기 시작하면, 어떤 질문들을 자신에게 던지는 일이 절박해지는 것은 당연하다.

어떤 이유로 내가 작가가 됐는지 대강 안다. 정확하게 무엇 때문에 작가가 되었는지는 모른다. 존재하기 위해 진정 단어와 문장을 늘어놓을 필요가 있었나? 존재하기 위해 책 몇 권을 쓴 작가가 되는 것으로 충분했던가?

나는 존재하기 위해 다른 사람들이 나를 작가로 불러주고, 나를 알아봐주고, 나를 인정해주길 기대했다. 그런데 왜 글쓰기를 통해서일까? 내가 생각하기에는 똑같은 이유로, 오랫동안 나는 화가가 되고 싶어 했지만, 작가가 되었다. 그렇다면 왜 하필 글쓰기를 통해서였나?

그렇다면 나는 정말 특별하게 **말하고 싶은** 무언가가 있었던가? 그런데 나는 무엇을 말했나? 무엇을 말하는 것이 중요한가? 내 상태를 말하는 것이? 내가 쓴다는 사실을 말하는 것이? 내가 작가임을 말하는 것이? 무엇을 알리고 싶은 욕구인가? 내가 알릴 필요가 있음을 알리고 싶은 욕구인가? 우리는 지금 무엇을 알리고 있는가? 글쓰기는 그냥 거기에 있다고 말한다. 다른 것은 아무것도 없다. 그리고 우리는 다시 얼음 궁전 속에 있다. 그 안에서 말들은 서로서로 참조하고, 자기 그림자 말고 다른 것은 결코 만나지도 못하면서 끝도 없이 서로 영향을 미친다.

15년 전 처음 글을 쓰며 내가 글쓰기에 무엇을 기대했는지 모른다. 그러나 나는 글쓰기가 내게 발휘했던 — 계속해서 발휘하는 — 매혹과 동시에 그 매혹

이 드러내고 감추는 균열을 이해하기 시작한 것 같다.

글쓰기는 나를 보호한다. 내 단어들과 문장들, 능숙하게 연결한 문단들, 교묘하게 계획했던 장章들로 쌓아 올린 성벽 아래서 나는 앞으로 나아간다. 나는 재간이 부족하지 않다.

나는 여전히 보호받길 바라나? 그런데 만일 방패가 굴레가 된다면?

언젠가 현실을, 내 실체를 드러내기 위해 말들을 사용할 날이 꼭 오리라.

내가 계획하는 바를 설명할 수 있듯, 어쩌면 그날이 바로 오늘이 될 수도 있다. 그러나 우리가 도시에서 시인을 완전히 쫓아버릴 그날, 말하자면 웃음기 없이, 더불어 조롱이나, 흉내 혹은 돌출행동을 한다는 느낌도 없이, 우리가 곡괭이나 삽, 굴착기나 흙손을 들 수 있는 그런 날이 와야만, 온전하게 그렇게 할 수 있음을 나는 안다. 이는 우리가 어떤 진보를 이룬 것

(상황이 맞설 수 있는 수준이 더는 분명 아닐 테니까) 이 아니라, 우리 세상이 결국 해방되기 시작하게 될 것임을 의미한다.

꿈과 텍스트

여러 해 동안 내가 꾼 꿈을 메모했다. 이런 글쓰기는 처음에는 어쩌다 한두 번이었는데, 그다음에는 점점 거세게 늘어갔다. 1968년에는 다섯 번, 1969년에는 일곱 번, 1970년에는 스물다섯 번, 그리고 1971년에 이르러 육십 번, 꿈을 기록했다!

초반에 이런 경험을 통해 무엇을 기대했는지 이제는 잘 모르겠다. 오히려 막연하게, 이런 경험은 이미 얼마 전부터 착수한 간접적인 자서전 계획 속에 포함되는 것처럼 보였다. 그 자서전 계획에서는 1인칭

시점으로 이야기하는 것이 아니라, 주제에 따라 구성된 추억들을 통해 나만의 이야기를 명확하게 하고 싶었다. 가령 내가 살았던 장소들에 대한 기억과 그 장소의 변화들, 내가 잠잤던 방들을 늘어놓기, 책상 위에 있는 대수롭지 않거나 상징적인 물품들 이야기, 내 고양이들과 그 새끼들 이야기 등등. 단편적이며 경계에 있는 이런 자서전들과 더불어 내 꿈 이야기는 그 당시, 내가 밤의 자서전이라 불렀던 것을 구성할 수 있었다.

얼마 후, 1971년 5월, 나는 정신분석을 받았고[45], 그래서 이렇게 꿈을 기록하고 싶은 열망은 자서전의 전조, 시초, 혹은 전前텍스트가 되었다. 아마도 다른 사람들처럼 이 꿈들이 내게 이야기해주기를, 내게 설명해주기를, 그리고 어쩌면 심지어 나를 변화시키기를 기대했을지도 모르겠다. 그러나 나의 정신분석가는 이 글들을 그렇게 신경쓰지 않았다. 글들이 너무 정성스레 포장되었고, 너무 예의를 차렸으며, 너무 분명했고, 심지어 낯설면서도 너무 명확했기 때문이다. 내가 꿈이라는 보호막을 몰아냈을 때, 그제야 나의 분석이 시작되었음을 이제는 말할 수 있을 것 같다.

따라서 내 꿈들의 내용에 대해서는 말하지 않을 것이다. 그 꿈들이 과거 어느 날 해석이 가능했다면, 아주 공들인 문장들이거나 제목이나 날짜가 제대로 적힌 지나치게 잘 표현된 텍스트여서가 아니라, 더듬거리는 말, 오랫동안 찾아온 단어들, 망설임, 강압적인 감정들이었을 때였으리라.

꿈꾸는 사람으로서의 경험은 의도와 상관없이 이런저런 일을 거치며 유일한 글쓰기의 경험이 된다. 그러니까 새롭게 드러난 상징도, 의미가 넘쳐나는 것도, 진실의 조명도 아니다. (더군다나 이런 텍스트에서 좀 떨어져 보면, 지나온 길이나 망설였던 탐색을 쓴 것처럼 보인다 해도) 오히려 단어를 배열하는 일은 현기증이 나며, 알아서 만들어진 듯 보이는 텍스트는 매력적이다. 반수면 상태에서 낙서처럼 끄적거린 몇 개의 단어들을 잠에서 깬 후 발견할 때나, 혹은 잠에서 깨었을 때 아무것도 떠오르지 않는 드문 경우를 제외하고, 가공하지 않고 손대지 않은 있는 그대로의 꿈은 내가 그것을 기록하려는 바로 그 순간에 마치 일련의 유사한 형상들, 반복되는 주제들, 놀라울 정도로 정확한 감정들과 순간적으로 연결된 강렬한 이미지처럼 하나의 단편 혹은 하나의 단어로 다시 떠올랐다. 매번 꿈의 본래 재료였던 것을, 희미하면서도 집요하고, 보이지 않으면서도 즉각적이며, 소용돌이치면서도 꼼짝 않는 그 무엇인가를, 슬그머니 공간을 이동하는 것을, 급격한 변화들을, 있을 법하지 않은 건축물들을 마법처럼 수월하게 포착했던 것 같다. 글쓰기의 엄격성 때문에 결국 왜곡된 글쓰기 작업이 돼버린 탓에, 내가 꿈들로 이루어졌을지도 모를 '왕도'[46]에서 영원히 쫓겨났을지라도, 나는 밤의 이미지들을 만들고 가공하는 '근심스러운 낯설음'의 한복판에, 꿀 수 있는 온갖 꿈들(가혹한 꿈들, 뼈가 없는 꿈들, 소설처럼 긴 꿈들, 놀랍고 의외의 사건들로 가득 찬 꿈들, 명백한 꿈들, 석화된 꿈들)을 두루 섭렵하게 해주는 바로 그 꿈의 수사학의 한가운데에 있었던 것만 같다.

6년이 다 되어가는 오늘, 이 꿈들은 이제 책이 되었다.[*] 그리고 신기하게도 내게서 멀리 벗어난 책이 되었다. 나는 이 꿈들을 이제 거의 기억하지 못한다. 간결하지만 희미한, 영원히 수수께끼로 남을 텍스트 그 이상은 아니다. 심지어 내게도 그러하다. 어떤 얼굴이 어떤 이니셜과 연결되는지, 낮 동안의 어떤 기억이 이렇게 제대로 만들어진 이미지에 암암리에 영감을 주었는지, 나도 영영 알 수 없다. 결국 인쇄되고 고정된 그 단어들은 이제 모호하면서도 동시에 명백한 흔적만을 제시할 수밖에 없으리라.

---

* 원주 『어두운 상점La Boutique obscure』, 드노엘-공티에르 출판사, 1973, 장 뒤비뇨와 폴 비릴리오가 기획한 잡지에서 만든 〈공동 이유Cause commune〉 시리즈의 첫 번째이자 마지막 책.

기억의 작업

프랑크 브나이유[47]와의 대담

브나이유 기억은 어떻게 만들어지는 걸까요?

페렉 『나는 기억한다 *Je me souviens*』[48]의 경우를 말씀드리자면, 그 안의 기억들은 자극을 주어서 떠올렸어요, 잊고 있던 것들을 다시 떠오르게 했습니다. 상기想起라는 표현 있잖아요, 말하자면 망각의 반대인 셈이죠. 이건 아주 흥미로운 작업입니다. 가령 저는 카페 혹은 공항이나 기차 안에서 테이블 앞에 앉아 특별하지 않은, 시시한 고릿적 사건 하나를 떠올려보려 합니다. 그러면 그 사건을 떠올리는 순간 무엇인가 발동이 걸립니다. 어떻게 보면, 순전히 제가 생각해낸 것은 아니지만, 저는 그 아이디어를 아주 잘 살렸습니다. 조 브레이너드라는 미국 시인이 있습니다. 그가 『나는 기억한다*I Remember*』를 썼는데, 사실 이 책은 위장한 자서전이고, 아주 작은 기억들을 다루고 있어요. 제가 쓴 『나는 기억한다』도 시인이 다룬 주제와 크게 다르지 않아요. 말하자면 일상을 이루는 요소들, 극단적으로 이야기하자면 우리가 주목하지 않았던 요소들을 떠올려보려 시도하지요. 아주 분명한 예를 들어볼게요. 우리가 지하철표에 구멍을 뚫게 검표원에게 표를 내미는 순간이 바로 그런 예에요. 누구도 그런 일에 주의를 기울이지 않잖아요! 이제 어떤 책에서 그 표를 발견하면, 그건 기억의 일부가 되는 거예요. 그래, 내가 소Sceaux선線[49]을 타고 가다가 옛날 지하철에 사용하던 쪽문들을 채워 넣은 창고 같은 것을 본 적이 있었지. 지금은 소선이라고 부르지도 않지요. 그러면 제게는 이 모든 것이 일종의 적극적인 기억이 됩니다. 저는 기억하려고 애씁니다. 억지

94

로라도 기억해냅니다. 그리고 그것들은 먹거리, 스포츠, 정치, 노래, 휴가에 대한 추억 같은 주제로 나뉩니다. 이해가 되나요?

　　브나이유　네, 무슨 말씀인지 알겠습니다. 지금까지 말씀해주신 얘기로는 두 종류의 의지가 있군요. 일상에 대해 작업하려는 의지가 첫 번째이고, 기억에 크게 의미를 부여하지 않으려는 의지가 두 번째라고 생각합니다. 적어도 작가님이 기억해내려는 사건이라면 말이죠. 제 말이 맞나요?

　　페렉　맞습니다, 제가 떠올린 사건에 대단한 의미를 부여하지 않음과 동시에, 그 사건을, 말하자면, 그것이 속했던 공동체로 되돌려주려 합니다. 『나는 기억한다』를 작업하며 가장 분명하게 느낀 점은 바로 그 사건을 기억하는 사람이 오로지 저만 있지 않다는 사실이에요. '공감이 가는' 책이라고 부를 수 있을 것 같아요. 다시 말해 이 책은 독자들에게 공감을 일으킵니다. 독자들도 그 책 속에서 완벽하게 자신만의 기억을 떠올린다는 말이지요. 마치 기억이 개인에게 호소하는 것처럼요. 기억이란 함께 나누는 무언가니까요. 자기 자신에게 중요하거나 은폐된 추억을 탐사하는 자서전과는 정말 다른 작업입니다. 공동의 기억, 집단의 기억에서 출발하니까요.

브나이유 제가 질문드리고 싶었던 '집단의 기억'과 '개인의 기억'을 그렇게 접근하시는군요. '집단의 기억'은 일종의 마그마 같다고 생각해요. 그 안에서 우리 모두가 만들어졌죠. 작가님은 모두의 것이라 할 수 있는 '집단의 기억'에 관심이 있어 보이지만, 그렇다고 해서 극적으로 꾸며서 보여주진 않아요. 그러니까 의도적으로 자서전에서 볼 수 있는 비극적인 요소들을 부정하고, 각자가 자신의 이야기를 떠올릴 수 있게 합니다.

페렉 다른 유형의 작업도 있습니다. 저는 『W 혹은 유년의 기억』이라는 자서전을 쓰기도 했습니다. 제 안 깊숙한 곳에 숨겨져 있던, 깊숙한 곳에 파묻혀 있던, 어떻게 보면 제가 부인해왔던 단 하나의 기억에서 자서전 쓰기가 조직되었습니다.[50] 관건은 제 개인의 이야기를 피해서 가야 한다는 점이었어요. 사실 저는 『나는 기억한다』를 이 자서전과 거의 같은 시기에 썼습니다. 그렇다고 두 작품이 완전하게 평행한 두 길을 가지는 않아요. 물론 어딘가에서는 서로 일치하는 지점이 있어요. 무엇인가를 자리 잡게 하려고, 그것을 우회하겠다는 똑같은 욕구에서 시작하니까요. 그런 것들이 어디서 뚝하고 떨어지지는 않잖아요. 그렇다고 시끄럽게 소리를 내서 알려야 할 비극적인 사건은 절대 아닙니다! 계속 파묻힌 채로 있어야 합니다! 어린 시절에 대해 쓴 이 자서전은 사진들을 묘사하며 시작했습니다. 진실에 접근하는 매개이자 수단으로 사진을 사용했지요. 제가 추억이 없다고 확언했던 진실에 접근하기 위해서요.[51] 사실 이 자서전은 상세한 설명과 자료들을 바탕으로, 거의 강박이라 할 만큼 세심한 탐색을 통해 만들어졌어요. 그렇게 세세하게 분석하다보니 무언가가 드러나더군요. 『나는 기억한다』는 중간에 자리를 잡은 셈입니다. 그래서 저와 그 추억이 맺은 관계 속에서 끊임없이 이동할 수 있습니다. 가령 '나는 바퀴에 바람이 가득 찬 첫 번째 자전거를 기억한다.'[52]라고 썼을 때, 이것은 순수하다고 할 수 없어요! 저는 그때 몸이 느낀 감각을 여전히 기억하니까요. 그렇지만 이 문장만 보면 아무런 특징이 없어 보입니다.

브나이유 그렇군요. 그렇다면 이러한 거짓-순수함, 특징 없어 보이는 거짓과 관련해서, 작가님은 잘 모르는 어떤 가족이 사진이 든 상자를 가져다주거나, 허구라 할 만한 요소들을 전해준다면, 그것들을 가지고도 작업을 잘 해냈을 거로 생각하나요?

페렉 해봤어요! 저는 <카메라에 담긴 프랑스인들의 삶>[53]이라는 텔레비전 방송에 참여했습니다. 1930년에서 1936년 사이에 아마추어가 찍은 영상을 편집했는데, 제가 내레이션을 썼습니다. 그때 저는 제 개인의 역사를 떠올리게 했던 자료들을 가지고 작업했어요. 어떤 장면은 어린 시절 제가 살던 동네를 촬

영했지요. 그 이미지 속에서 마치 저는 엄마와 제 친척들과 함께 있는 것만 같았죠![54]

　최근엔 이런 작업을 시작했습니다. 제 기억이 될 수 있었을지 모를, 그러니까 허구적인 기억이라 부를 수 있을 무언가와 관련된 겁니다. 로베르 보베르[55]와 함께 엘리스섬에 대한 영화를 시작할 계획입니다.[56] 엘리스섬은 뉴욕 자유의 여신상 근처에 있어요. 1880년에서 1940년 사이에 이민자들을 선별하는 기관이었지요.[57] 수백만 명의 유럽인들, 특히 이탈리아, 러시아와 폴란드 유대인들이 이 장소를 거쳐갔어요. 그 후로는 박물관이 되었지요. 그러니까 이곳은 아메리카 대륙의 도가니라 할 만하죠. 우리는 그런 식의 이주를 떠올리게 하는 영화를 만들 겁니다. 둘 다 프랑스에 있었기에, 그런 이주에 대해 로베르도 그렇고 저도 모릅니다. 하지만 어쩌면 우리도 겪었을 수 있어요. 그곳은 우리에게 일어날 수 있었던 가능성 속에 새겨진 어떤 곳이었을 겁니다. 로베르 보베르는 베를린 출신이고, 제 부모님은 바르샤바 근처의 작은 도시 출신이니까요. 이 작업은 기억, 우리와 관

99

련된 어떤 기억을 다루는 셈이지요. 우리의 기억은 아니지만, 뭐라고 해야 할까요? 우리의 기억 바로 옆에 있어요. 게다가 이런 기억은 우리의 역사만큼 우리를 규정합니다. 그러니까 기억의 작업에는 세 가지 방식이 있다고 하겠네요. 첫 번째는 일상성을 철저하고 면밀하게 검토하는 방식이고, 두 번째는 전통적인 방식을 따라 제 자신의 역사를 찾아보는 것이고, 마지막은 허구화된 기억입니다. 그러고 보니 네 번째도 있네요. 어떻게 설명해야 할까요. '암호화'하는 방식이라 할 수 있어요, 완벽하게 암호화해서 집어넣는 거죠, 『인생사용법』 같은 소설에 추억이 될 만한 요소들을 묘사하는 겁니다. 그런데 그건 사실 내부용이라 할 수 있어요. 그것을 감지할 수 있는 사람은 저 말고 몇 명 정도밖에 안 되니까요. 이런 방식은 일종의 반향을 만들죠, 슬그머니 소설을 넘어서고, 소설을 살찌우는 주제가 됩니다. 그렇다고 있는 그대로 드러나지는 않지만요.

브나이유 작가님과 작가님의 삶을 얼마나 아느

냐에 따라서 X축이 달라지는 독서를 말하는 건가요?

페렉 맞아요. 전기적인 요소나 일상적인 요소의 개입은 소설에서 어떤 기능을 합니다. 전기적인 요소의 '컷오프'[58]라는 점에서, 대체로 윌리엄 버로스[59]의 기교와 비교할 만합니다.

브나이유 그런데 이러한 의지, 뿌리를 내리고자 하는 욕구, 추억이나 기억에 기반을 둔 작업에 집착하는 것이 무엇보다 죽음이나 침묵에 맞서려는 의지라 볼 수도 있을까요?

페렉 분명 흔적이나 기입이라는 개념, 기록하고자 하는 욕구와 관련이 있습니다.

브나이유 맞아요! 작가님은 나무나 공공 벤치에 자신의 심장을 그려 넣고 있어요! 그런 식으로 두 가지를 다 잡아보려는 것 아닐까요. '전통적인' 소설이라고 하지만, 동시에 우리는 그 안에서 작가님 개인의 이야기를 발견하는 거죠!

페렉 결국 어떻게 조직될까요? 어떻게 연결될까요? 저도 잘 모르겠습니다. 정말 극단적으로 망각의 공포를 느꼈던 시절이 있었어요. 공교롭게도 정신분석을 받던 시기였어요. 저는 『시 활동*Action poétique*』잡지에 '한 해 동안 먹어 치운 모든 음료와 먹거리 열거해보기'라는 제목의 글을 썼습니다! 저는 일지를 썼어요. 제가 먹은 식사를 전부 메모했는데, 이게 끔찍하면서도 호기심을 자극하는 결과를 만들더군요. 거의 강박적으로 했어요! 잊어버릴까 두려웠어요! 저는 이 일지를 쓰면서 있었던 일을 전부 메모했어요. 단, 생각은 절대 적지 않았어요. 이런 식이었죠. '양고기를 먹었고, 지공다스Gigondas 지방 와인 한 병을 마셨다.'

브나이유 그러니까, 어쨌든 작가님의 작업은 정말로 『잊어버리는 기억』[60]과 반대군요!

페렉 그리고 동시에 하찮게 취급되기도 해요.

왜 그런지는 잘 모르겠지만요. 아! 어떤 사람들에게는 『나는 기억한다』가 농담이 되거나, 농담거리를 만들어낼 수 있는 무언가가 된다는 사실도 알고 있어요! 그런 거죠. 그 사람들이 무의미하다고 말할 때, 무슨 의미로 그러는지 조금 이해도 돼요.

브나이유 누군가는 '대단한 작업'이라고도 했잖아요!

페렉 이 작품을 쓰는 일은 아주 독특했어요. 추억이 하나 떠오르기까지 대략 15분에서 45분 정도 동요가 일어요, 정말 뭘 찾는지도 모르면서 찾게 됩니다. 그리고 그 순간 흥미로운 일이 많이 일어나지요. 그것들은 또 다른 텍스트의 주제가 될 수도 있을 겁니다. 사소한 추억을 찾으려고 했던 순간, 시간이 정지했음을 보여주면서요.

브나이유 작가님이 경험한 순간들을 자기 안에서 끄집어내려는 탐색, 혹은 그렇게 하려는 의지를 작가님은 어떻게 생각하시나요? 그 작업이 비극적인지 묻고 싶습니다.

페렉 그건, 말했듯이 일종의 정지 상태에서 일어납니다! 명상의 영역에 있다고 생각합니다. 비워내겠다는 의지 같은 거요.

브나이유 사소하지만 동시에 핵심적인 사건을 떠올리려는 의지겠지요!

페렉 맞아요, 두세 가지 추억은 저를 깜짝 놀라게 하기도 했어요. 그러고 나면 추억을 꺼내는 순간, 그 추억이 영원히 머물렀던 그 장소에서 뽑혀 나온 듯한 느낌도 들어요.

브나이유 그러니까, 사실 작가님이 쓴 것은 애초에 경험과 연결되었거나, 혹은 작가님이 직접 기획한 경험의 허구화와 관계가 있는 셈이네요. 이 이야기는 작가님이 사건들, 추억들, 그러니까 실재를 따른다는 의미겠죠?

페렉 결코 붙잡을 수 없는 경험만 제외하면 그렇겠지요. 뭐라고 할까요? 의식적으로 혹은 감정이나 개념을 동원하거나, 이데올로기를 따져도 파악할 수 없는 경험을 제외하면요. 심리적인 개입은 절대 없어요. 대단하지 않은 경험이죠, 잡지 『공동 이유』에서는 배경음이라고 불렀어요. 몸이 이동하는 단계에서 포착한 경험으로, 그 몸이 하는 행동들, 말하자면 옷이나 먹거리, 여행, 시간표, 공간을 탐색하는 것 등과 관련된 모든 일상을 말합니다. 나머지는 말하지 않고요. 심지어 허구를 만들어가는 과정에서 나머지를 다시 집어넣게 되는 경우에도 겉으로 보면 그렇습니다. 하지만 이런 경우에는 다른 방식들, 사진이나 백과전서, 상상력, 그리고 제약의 시스템을 통합니다. 경험을 따르는 것은 세심하게 묘사하는 작업이기 때문입니다.

브나이유 그렇다면 그러한 점에서 작가님을 사실주의 작가라고 할 수 있을까요?

페렉 네. 그렇게 불러주시길 바랍니다. 자서전과 관계를 맺기 시작했던 순간부터, 저는 끊임없이 일탈하는 자전적인 단편들을 써왔어요. '나는 이러저러한 것을 생각했다'가 아니라, 제 옷들이나 고양이들에 대한 이야기를 쓰고 싶었답니다! 아니면 꿈에 대한 이야기든지요. 이런 방면에서 『베갯머리 서책枕草子』을 쓴 일본 작가 세이 쇼나곤[61]이 제 스승님입니다. 정말 하찮은 것에 대한 생각을 모은 책이지요! 폭포수, 의복, 즐거움을 주는 사물들, 정제된 은총을 품고 있는 사물들, 가치 없는 사물들 같은 것들에 대한 생각을 모았어요. 제겐 이런 것이 진정한 사실주의입니다. 가치 판단을 완전히 배제한 현실 묘사에 의지하는 것 말이에요. 어쨌든 이건 제 생각이고요!

브나이유 그러니까 작가님에게는 분류하고, 목록을 만들고, 실제로 하찮은 것에 속지 않겠다는 욕구나 욕망, 필연성이 있다는 거네요.

페렉 어쨌든 제가 분류하고, 목록을 만든다면,

다른 어떤 곳에서는 이 질서에 개입하고 뒤죽박죽으로 만드는 사건들이 있을 겁니다. 가령 『나는 기억한다』에는 오류가 많아요. 그러니까 저도 제 기억들에 오류가 있음을 알고 있어요! 이게 인생과 사용법 사이의 대립이자, 우리가 제시하는 게임의 법칙과 실제 삶의 절정 사이의 대립입니다. 실제 삶은 질서를 만드는 작업을 덮어버리고 계속해서 파괴하는데, 다행히도 다른 곳에서는 그렇게 하지 않지요.

브나이유 작가님 이야기를 듣고, 작가님 책을 읽은 바에 따르면, 어린 페렉이 청소년이나 어른 페렉보다 더 중요해 보이지 않네요. 어린 시절을 통해 삶을 지나왔지만, 남은 인생에서 어린 시절에 주도권을 넘기고 싶지 않은 거겠지요. 의지가 느껴집니다.

페렉 이 질문에 어떻게 대답해야 할지 모르겠네요. 이런… 질문은 처음이라서요. 사실 제가 글쓰기를 통해 도달하고자 하는 바는 어린 시절이 제게 되돌려주었던 방식입니다. 모든 글쓰기 작업은 매번 더이상

존재하지 않으며, 어떤 흔적처럼 글쓰기의 순간 속에 고정될 수 있지만, 사라졌던 무엇과 관련해서 이루어집니다. 저는 어떻게 현재에 개입하는지 모르겠어요. 언젠가 누가 제게 마르셀 레르비에의 영화 속 사진을 한 장 주었어요. 그래서 바로 다음 날, 저는 『인생사용법』의 한 장章에 그 사진을 사용했어요. 선물은 그 전에 일어났던 무언가의, 그러니까 어떤 이야기의 기원이 된 셈이지요.

브나이유 그러니까 작가님이 경험하는 하루하루는 작가님이 드러내는 허구에 무엇인가를 가져다주는 거란 말씀이죠? 바로 그 지점에서 우리는 사실주의를 재발견할 수 있고요. 그리고 이 모든 것은 어떤 면에서 보면 개인주의에 맞서는 것이고요!

페렉 이 모든 것을 다른 이들과 나눌 수 있기 때문이고, 그 결과가 물질적 대상, 즉 책의 일부를 이루기 때문입니다. 책은 다른 사람들의 소유가 될 터이고, 공유하게 되고, 교환하게 되겠지요. 오로지 집단적이고, 함께 나눌 수 있다는 측면에서만, 이 모든 것이 제 개인의 역사에 대한 접근이 됩니다.

브나이유 그렇군요, 작가님 책 중에 몇 권은 작가님만의 색깔을 분명하게 하려 고집부리지 않았다고 말할 수 있겠네요.

페렉 누구든 『나는 기억한다』를 쓸 수 있다고 생각해요. 하지만 누구도 그 책 속에 455개의 '나는 기억한다'를 쓸 수 없으며, 누구도 똑같은 기억들을 쓸 수 없겠지요. 이것은 마치 집합론 같아요. 나는 X와 추억들을 공유하지만, Y와는 공유하지 않아요. 그리고 우리의 추억들로 이루어진 거대한 집합 속에서 자신을 위해 단 하나의 형상화를 선택할 수 있고요. 이것이 기억들 사이의 간격을 채우는 묘사이며, 어떤 점에서 보면 그 세대 전체가 그 묘사에서 자신을 알아볼 수 있어요.

브나이유 그러니까 연대의 일부인 거죠!

페렉 그렇지요. 저는 일체주의 작가[62]라 부르고 싶어요. 대단한 것을 주지 않지만, 그 명칭만은 제게 큰 기쁨을 주는 문학 운동이지요. 개인에서 출발해서 다른 이들에게로 이동하는 움직임요. 저는 이것을 공감이라고 부릅니다. 일종의 투영이자, 동시에 호소하는 거죠!

'엘리스섬'
프로젝트 설명

그가 오래전부터 관찰했던 자유의 여신상은 빛의 조각
상처럼 보였다. 검을 휘두르는 팔이 들어 올려지는 바
로 그 순간, 그 거대한 몸통 주변에서 자유로운 바람이
불었다고 사람들은 말했다.

카프카 『실종자』

이민자는 어쩌면 정확하게 이런 사람들이었으
리라. 조각가가 순전히 좋은 의도로 횃불을 둔 바로
그 자리에서 검을 보는 사람들. 그런데 정말 틀리지

않다. 실제로 자유의 여신상 기단부에 에마 래저러스의 유명한 시구를 새기던 그 순간에도 그들은 일련의 법을 제정해서 이민자들을 통제하려 했으며, 얼마 지나지 않아 남부 이탈리아와 중부 유럽, 러시아에서 끊임없이 몰려드는 이민자들을 제지하려 했다.

지치고, 가난한 이들,
순수한 공기를 갈망하는 한데 모여 있는 무리를
사람들로 가득한 당신네 땅의 비참한 이들을 내게 보내주오
폭풍우에 시달린, 갈 곳 없는 이들을 내게 보내주오
나 황금의 문 옆에서 햇불을 들어 올리라[63]

1875년까지 대체로 미국 땅에 자유롭게 들어오던 외국인들의 입국은 점진적으로 제한된 숫자를 따라야만 했다. 처음에는 지역 차원(시와 항구)에서 허용 인원을 정하고 적용하다, 그 이후에는 연방 정부에 소속된 이민국 업무로 편입되었다. 리버티섬에서 수백여 미터 떨어진, 몇 헥타르짜리 작은 섬에 1892년

문을 연 엘리스섬 안내소는 거의 야만에 가까운 이민의 종말과 공식적이고 제도적인, 말하자면 공장식 이민의 출현을 상징한다. 1892년부터 1924년까지 하루에 오천에서 만 명 정도, 대략 천육백만 명이 엘리스섬을 거쳐 갔다. 대부분 그곳에서 고작 몇 시간만 체류했으리라. 그리고 대략 2~3% 정도가 입국을 거부당했을 터이다. 결국 엘리스섬은 미국인을 만들어내는 공장 그 이상은 아니었으리라. 이민을 떠난 자를 이민 온 자로 변형시키는 공장, 시카고의 돼지 가공 공장만큼이나 빠르고 효과적인 미국인 공장. 아일랜드인, 우크라이나 출신 유대인 혹은 이탈리아 동남부 풀리아주의 이탈리아인을 체인의 끝에 놓으면, 반대쪽에서—눈 검사, 주머니 검사, 백신, 소독을 거친 후에—미국인이 되어 나오는 방식으로. 그러나 이와 동시에 여러 해를 거치며 허가 조건들은 점점 더 엄격해진다. 훈제된 칠면조들이 접시에 놓이고, 금빛 포석이 바닥에 깔린, 모두의 영토라던 환상적인 미국은 '황금 문'을 조금씩 다시 닫아버린다. 사실 1914년부터 이민은 멈추었다. 시작은 전쟁 때문에, 그다음은

113

이민자들의 질(문맹 테스트 법)과 양(할당량)을 판별하기 위해 기준을 만들어 '비참한 이들'과 '한데 모여 있는 무리'의 미국 입국을 실질적으로 금지시켰기에. 1924년에는 이민 절차를 유럽에 있는 미국 영사관에 일임하고, 엘리스섬은 불법 이민자들을 억류하는 기관이 된다. 2차 세계대전 중과 그 직후에, 엘리스섬은 그곳의 암묵적인 소명을 끝까지 밀어붙이며 반미 활동을 한다고 의심되는 개인(이탈리아 파시스트들, 나치스를 지지하는 독일인들, 공산주의자들이나 그런 의혹을 받는 이들)을 수용하는 감옥이 된다. 1954년 엘리스섬은 완전히 폐쇄된다. 오늘날 엘리스섬은 러시모어산이나, 올드 페이스풀, 자유의 여신상과 같은 국가 유적지가 되어, 스카우트 모자를 쓴 경비원들이 일 년에 6개월 동안, 하루 네 번 방문을 허가하며 관리한다.

엘리스섬이 새로운 삶을 꿈꾸던 수백만 이민자들에게 그 삶의 첫 번째 여정이 되었다는 이유로, 지금 여기서 나는 그들의 꿈과 환멸을 환기할 마음은 없다. 그렇다고 로베르 보베르와 엘리스섬에 관한 영화를 찍게 된 경위를 되새겨볼 의향도 없다. 내가 이 장소에 애착을 갖게 할 만한 이유에 좀 더 집중해보고 싶을 뿐이다. 내게 엘리스섬은 바로 유배의 장소, 말하자면 장소가 부재하는 장소, 흩어지는 장소이다. 이런 의미에서 이 장소는 나와 관련이 있고, 나를 매혹하고, 나를 끌어들이고, 내게 질문한다. 마치 몹시 피곤한 공무원들이 다량으로 미국인이라고 딱지를 붙이던, 달갑지 않은 자들을 모아둔 이 장소를 내 공간으로 받아들이는 일을 거쳐야만 내 정체성의 탐색이 가능하듯, 마치 그곳 어딘가에 내 역사일 수 있었을지 모를 역사가 새겨져 있기라도 하듯, 마치 그곳이 있을 법한 자서전, 잠재적 기억에 포함되기라도 하듯. 그러나 그곳에는 뿌리나 흔적 같은 것은 전혀 없다. 오히려 그 반대이다. 형태는 없지만, 겨우 말로 표현할 수 있는 것, 내가 울타리, 혹은 분열이나 균열이라 명명할 수 있는 무언가이다. 그리고 내 입장에서 유대인이라는 사실과 아주 깊숙하고, 몹시 혼란스럽게 연결된 것이다.

　　나는 유대인이 의미하는 바를, 유대인이 의미하는 바가 내게 초래할 것을 정확하게 알지 못한다. 유대인이 되는 것은 하나의 명백한 사실, 말하자면 하찮은 사실이며, 어떤 흔적이지만, 나와는 정확하게도, 그리고 구체적으로도 전혀 연결되지 않는 흔적이다. 또한, 겉으로 드러나는 표시도 아닐뿐더러 신앙, 종교, 관습, 문화, 민속, 역사, 운명, 언어와도 상관없다. 이는 오히려 부재, 질문, 문제 삼기, 동요, 불안감일 터이다. 불안한 확신이라 할 수 있는데, 그 이면에는 또 다른, 추상적이며, 묵직하고, 참을 수 없는 확신이 자리한다. 유대인으로 지목당한다는 불안감, 유대인 피해자라는 이유로, 삶을 우연과 유배에만 맡길 수밖에 없는 불안감 말이다. 내 조부모 혹은 내 부모는 아르헨티나, 미국, 팔레스타인, 오스트리아로 이민 갈 수 있었으리라. 그랬다면, 가깝든 멀든 친척들처럼 나도 이스라엘의 하이파, 혹은 발티모어, 밴쿠버에서 태어날 수도 있었으리라. 그러나 거의 아무 제한 없이 선택할 수 있는 가능성들 중에서 딱 하나만이 금지되었다. 바로 내 조상들의 나라인 폴란드의 루바르투프 Lubartow, 푸와비Pulawy 혹은 바르샤바에서 태어나, 계속 이어져 내려온 전통과 언어, 옷을 입는 방식을 공유하며 그곳에서 성장하는 것이다.

나는 프랑스에서 태어났고, 프랑스인이다. 프랑스 이름을 갖고 있다. 조르주라는 이름은 프랑스식이고, 페렉이라는 성姓도 프랑스식에 가깝다. 차이는 아주 사소하다. 내 성의 첫 번째 'e'에 양음 부호가 없다. Perec은 Peretz의 폴란드식 표기법이다. 내가 폴란드에서 태어났다면, 나는 모르데하이 페레츠Mordechai Perec라 불렸을 것이고, 그러면 누구든 내가 유대인임을 알았을 터이다. 그런데 나는 다행스럽게도 폴란드에서 태어나지 않았고, Perec은 브르타뉴 지방 느낌이 나는 성姓에 가까워서, 다들 Pérec 혹은 Perrec이라고 표기한다. 왜냐하면 내 성姓은 소리 나는 그대로 표기하지 않으니까.

미미하지만 집요하고, 은밀하며, 부정할 수 없는 나의 감정은 이런 식의 사소한 불일치에 집착한다. 내 안의 무엇인가와 관련해 어딘가 낯설다는 감정, 그것은 '다르다'는 감정인데, 나는 '다른 이들'과 다르다고 느끼는 것보다 '나의 가족'과 훨씬 다르다는 것을 느낀다. 가령 나는 내 부모가 말했던 언어로 말하

117

지 않는다. 나는 부모님이 갖고 있었을 어떤 추억도 공유할 수 없다. 역사, 문화, 신앙, 희망처럼 당신들 안에 있었던 무언가, 그리고 당신들을 만들어주었을 무언가가 내게 전달되지 않았다.

이러한 박탈감을 자각한다고 해서 유대인이라는 이유로 내게 더 친숙했을지 모르는 것에 대해 전혀 향수를 느끼거나 애착이 생기지는 않는다. 몇 해 전부터, 고모가 전해준 추억들을 기반으로 내 가족 이야기를 쓰고 있다. 나는 그들이 했을 모험과 방랑, 그들을 여기저기로, 그리고 그 어디로도 이끌 수도 없고, 존재하지도 않았을 긴 여정과, 끝없이 흩어져야만 했던 그들의 삶을 추적해보려 애쓴다. 끝도 없이 흩어져서 그들의 역사를 빼앗겼다는 점을 제외하면 아무런 공통점도 없이 어딘가에서 살아남은 이들의 삶까지. 하지만 나는 내 할아버지가 루바르투프에 지은 네모나고 커다란 집이 아직도 그대로 있는지를 확인하러 갈 생각은 없다. 게다가 그 집은 이제 거기에 있지도 않다. 루바르투프에는 이제 유대인은 없다. 로베르 보베르가 헛되이 그의 아버지의 추억들을 찾아

보러 갔던 라돔Radom에도 마찬가지로 유대인은 없다.

내가 엘리스섬에서 찾으려 했던 것은, 바로 돌아갈 수 없는 지점이라는 이미지, 극단적인 단절의 자각이다. 내가 검토하고, 문제 삼고, 시험해보고 싶었던 것은, 바로 존재하지 않는 공간, 부재, 그리고 흔적과 말, 타자를 추적하는 근간인 균열 속에 나 자신의 뿌리를 내리는 일이다.

십만여 명의 베트남 사람들과 캄보디아 사람들이 점점 더 적대적으로 변해가는 망명지를 찾아 망가진 보트를 타고 떠다니는 요즘, 이미 오랜 이야기들에 연민을 느껴보기 위해 다시 와보는 것이 대체로 의미 없긴 하지만, 적어도 꽤 관대한 일이라 생각된다. 어쨌든 이 버려진 섬을 방문하면서, 그 옛날 엘리스섬을 거쳤던 사람들—유대인들과 이탈리아인들—중 몇몇과 관계를 맺어보려 대화를 나누면서, 나는 유대인이라는 명칭 그 자체에 피할 수 없이 연결된 몇 가지 단어들로 때때로 반향을 만들어냈다고 생각한다. 여행, 기다림, 희망, 불확실함, 차이, 기억이 그런 단어들이며, 더불어 무력하고, 알아보기도 힘들고,

불안정할 뿐이라 붙잡기도 힘들지만, 끊임없이 깜박거리는 서로의 두 불빛에 의지하는 '태어난 땅'과 '약속의 땅'이라는 두 가지 관념도 그런 반향을 이끌어냈다.

어쨌든 죽기 전에 해야만 할 것 같은 몇 가지

우선 아주 쉽게 할 수 있는 일들.
가령 오늘부터라도 할 수 있는 일들.

1. 센강에서 바토무슈 유람선 타보기

그다음에는 아주 조금 더 중요한 일들, 결정해야
하는 일들, 내가 그것을 했다면, 삶이 더 수월했을 텐
데라고 생각되는 일들. 가령,

2. 왜 가지고 있는지도 모르고 간직하고 있는 몇
   가지를 버리기로 결심하기

혹은

3. 마지막으로 서재를 정돈하기
4. 다양한 가전제품 구입하기

혹은

5. 담배 끊기

   (강제로 끊게 되기 전에...)

그다음은 변화라는 더 본질적인 욕망과 연결된
일들, 가령,

6. 완전 다른 방식으로 옷 입기
7. 호텔 살기 (파리에 있는)
8. 시골 살기

9. 아주 오랫동안 해외 대도시 살기 (런던)

그다음은 시간 혹은 공간에 대한 몽상과 연결된 몇 가지. 적지 않음.

10. 적도와 날짜 변경선이 교차하는 지점 지나가기

11. 극권極圈 위를 가보기

12. '시간 밖'을 경험하기 (시프르[64]처럼)

13. 잠수함 타고 여행하기

14. 군함 타고 긴 여행하기

15. 기구나 비행선 타고 하늘에 떠다니기 혹은 여행하기

16. 케르겔렌Kerguelen 제도[65] (혹은 트리스탄다쿠냐 Tristan da Cunha[66] 제도) 여행하기

17. 낙타를 타고 모로코에서 통북투Tombouctou까지 52일 안에 가기[67]

그다음은 아직 경험해보지 못한 것들 중에서 제

대로 알아볼 시간을 갖고 싶은 몇 가지

18. 아르덴Ardennes[68] 지방에 가기

19. 바이로이트Bayreuth, 프라하 그리고 비엔나에
가기

20. 프라도 미술관에 가기.

21. 바다 깊은 곳에서 발견한 럼주를 마시기.
(『라캄의 보물』[69]에 나오는 아독 선장처럼)

22. 헨리 제임스를 읽을 시간 갖기. (꼭)

23. 운하 여행하기.

그다음에는 배우고 싶지만 배우지 않을 것임을
알고 있는 많은 것들. 배우기에는 너무 많은 시간이
걸리거나, 혹은 아주 불완전하게 배울 수밖에 없음을
알고 있기에. 가령,

24. 루빅스 큐브 맞추기

25. 드럼 배우기

26. 이탈리아어 배우기

27. 인쇄 기술 배우기

28. 그림 그리기

그다음에는 작가로서의 일과 관련된 몇 가지. 많음. 대부분 어렴풋한 계획임. 내가 어떻게 하느냐에 따라서 대체로 가능한 일들. 가령,

29. 어린이를 위한 글쓰기

30. 과학 소설 쓰기

내게 요청한다면 대체로 가능한 일들.

31. 모험 영화 시나리오 쓰기. 가령 그 영화에는 오천 명의 키르기스인들이 초원에서 도망가는 장면이 있을 것이다.

32. 빠짐없이 연재 소설 쓰기

33. 만화가와 작업하기

34. 노랫말 쓰기 (예를 들어 안나 프루크널[70]이 부를 노래)

해보고 싶지만, 어디서 해야 할지 모르는 것이
하나 있다. 그것은,

35. 나무 심기(그리고 자라나는 나무 보기)

그리고 끝으로 이제 계획하는 것이 불가능하지
만, 아주 오래전에는 가능했을지도 모를 일들. 가령,

36. 맬컴 라우리[71]와 흠씬 취할 정도로 마시기
37. 블라디미르 나보코프[72]와 친해지기

기타 등등 기타 등등.
분명 또 다른 많은 일이 있겠지만.
나는 37번에서 의도적으로 멈춘다.[73]

조르주 페렉, 기억의 작업

◇ 윤석헌

　　'나는 태어났다'라는 한 문장을 쓰고, 그다음을 이어가지 못하는 작가의 심정을 헤아려본다. 부단히 자신의 이야기를, 자신이 누구인지를 확인하려 애쓰지만, 그는 번번이 벽에 부딪히고 만다. 조르주 페렉은 1969년 모리스 나도에게 총 네 권의 책이 연결된 '거대한 자서전 프로젝트'에 대한 계획을 밝힌다. 그러나 끝을 본 작품은 1975년 출간한 『W 또는 유년의 기억』이 유일하다. 나머지 세 권을 중단한 이유야 각기 다를 수도 있겠지만, 아마도 『W 또는 유년의 기억』

한 권이면, 자신의 역사와 정체성 탐색을 '어떻게 계속할 것인가'라는 필연적인 질문에 답을 했다고 생각했을지도 모르겠다.

어떤 이유로 작가는 자신의 이야기를 하고 싶었을까? 자신의 역사를 탐색하며 확인하고 싶었던 것은 무엇일까? 왜 그토록 기억의 작업에 집착했을까? 조르주 페렉의 자전적인 글과 자전적 글쓰기에 대한 작가의 고뇌를 기록한 글들의 모음집인 『나는 태어났다』는 아마도 이러한 질문들에 어렴풋하게나마 답변을 해줄 것이다.

조르주 페렉은 자신을 각기 다른 네 개의 밭을 가는 농부에 비유하며, 자신의 작품들을 '사회학적', '자전적', '유희적' 그리고 '소설적' 글쓰기로 분류한다. 이러한 분류가 자의적일 수밖에 없음을 인정함과 동시에 작가는 '자전적 요소'와 '제약contrainte'이 자신의 글쓰기에서 주요한 토대임을 강조한다. 실제로 자전적인 요소들과 형식적인 제약은 페렉의 거의 모든 작품 속에서 찾을 수 있다.[74] 아마도 『나는 태어났다』

를 읽고, 지금 이 글을 마주한 독자라면 작가의 말을 충분히 이해할 수 있으리라. 가령 「모리스 나도에게 보낸 편지」에 소개된 12년에 걸친 기획, 『장소들』도 이러한 두 가지 주요 원칙을 따른다. 자신의 삶과 관련이 있는 열두 곳의 장소를 선정해 매달 각기 다른 두 장소에 대한 두 종류의 글을 — 선정한 장소와 두 종류의 글쓰기 방식이 겹치지 않게 — 12년간 이어간다는 계획은 비록 실패로 끝나긴 했지만, 조르주 페렉 글쓰기의 핵심을 보여준다. 이렇게 실패한 계획은 『인생사용법』을 통해, 무엇보다 소설 속 주요인물인 바틀부스를 통해 새롭게 구현된다.

페렉이 강조하는 글쓰기의 두 가지 토대 중 제약의 글쓰기에 대해서는 익히 잘 알려져 있다. 『인생사용법』을 읽은 독자라면 작가가 얼마나 많은 제약을 설정하고 계획해서 이 거대한 소설을 썼는지 알고 있을 것이다. 마찬가지로 프랑스어에서 가장 많이 사용되는 모음인 'e'를 생략해서 쓴 300페이지 분량의 소설 『실종』에 대해서도 소문으로 들어 알고 있을 것이다. 하지만 『W 또는 유년의 기억』이라는, 자서전 문학

사에서 아주 중요한 위치를 차지하는 작품이 국내에 소개되었음에도 페렉의 작품에서 자전적인 면모에 대해서는 작가가 부여한 의미만큼 강조되지 않았다. 이러한 맥락에서 『나는 태어났다』의 출간을 계기로, 암묵적이면서도 형식적인 제약을 따르는 페렉만의 자서전 글쓰기에 관심을 갖는 기회가 되길 바란다.

『나는 태어났다』에는 총 10편의 글이 수록되어 있고, 수록된 글의 대부분이 페렉 작품들의 기원genèse 이 된다. 첫 번째 글인 「나는 태어났다」는 『W 또는 유년의 기억』을 쓰기 위해 메모를 적은 작업 노트의 일부이다. 이 메모들은 픽션과 자서전이 교차하는 『W 또는 유년의 기억』에서 자서전 부분의 뼈대를 이룬다. 「모리스 나도에게 보낸 편지」에서 작가가 의도한 대로, 『W』는 『라캥젠느 리테레르』에 1969년 10월부터 1970년 8월까지 연재된다. 그런데 탐정 소설의 분위기를 띠던 이야기는 돌연 일곱 번째 연재부터 완전히 이질적인 W 섬의 묘사로 뒤바뀐다. 이 편지에 드러난 작가의 열망과는 달리, '모험 소설'이나 '탐정 소설'을 기대했던 당시 독자들은 실망감을 느끼고 만다. 연재를 마치고 페렉은 1년 후에 새로운 모습의『W 또는 유년의 기억』출간을 예고하지만, 1975년이 되어서야 우리가 알고 있는『W 또는 유년의 기억』으로 출간된다. 잡지에 연재한 이질적인 두 가지 픽션은 작가의 어린 시절 추억을 기록한 자전적 에세이와 단순하게 교차하는 특이한 구조로 완성된다.

『W 또는 유년의 기억』을 출간한 1975년은 작가 페렉의 삶에서 가장 중요한 해이기도 하다.『W 또는 유년의 기억』을 집필하며 이어온 정신분석을 그만두었고, 같은 해 여름『장소들』을 중단하기로 결정했다. 그리고『인생사용법』의 주요인물인 바틀부스의 죽음을 1975년 6월 23일로 설정하고, 이때부터 이 거대한 소설에 몰두한다.

1975년만큼 페렉에게 중요했던 시기가 있는데, 바로 십대 초반이다. 여섯 살 때 엄마와 헤어져 홀로 스위스 국경 지역으로 피난을 떠났던 어린 페렉은 전쟁이 끝나고 파리에 돌아와 엄마의 부재를 확인하지만, 엄마의 죽음에 대한 어떠한 애도 행위도 이루어지지 않는다. 아우슈비츠 수용소에서 사라진 엄마의 실종증명서가 발부된 1947년 8월에서야 비로소 그 죽음이 문서로 확인된다. 그 무렵 페렉은 『W』의 기원이라고 할 수 있는 '뻣뻣한 몸과 인간답지 않은 표정을 짓는 운동선수들을'[75] 집요하게 그렸고, 가출을 했다. 그리고 처음으로 심리상담을 받기 시작했다. 페렉의 가출 사건에 대해서는 작가 자신도 오랫동안 잊고 있었을 뿐 아니라, 그의 가족들은 기억조차 못 한다고 한다. 페렉의 전기를 살펴보면 대략 1948년 전후로 가출을 했으리라 추정된다.

이 책에 수록된 「가출의 장소들」은 그가 어린 시절 가출했을 때의 여정을 쓴 글이다. 가출은 그에게 아주 중요한 사건이었음에도 페렉은 전혀 기억하지 못하고 있다가, 20여 년이 흐른 어느 날 우연히 샹젤리제 거리에서 우표상인들을 보며 이 사건이 문득 떠올랐다고 한다. 1965년 『사물들』을 출간하기 얼마 전에 쓴 「가출의 장소들」은 1975년이 되어서 잡지 『공동 이유』에 수록되었다. 그리고 그 이듬해, 페렉이 직접 연출해서 배우 없이 장소들과 사물들만 비추며 텍스트를 낭독하는 독특한 형식의 영화로 제작되었다. 작가의 말에 따르면, 갑작스럽게 떠오른 어린 시절 추억을 관객들에게 고스란히 전하기 위한 방식이었다고 하는데, 「가출의 장소들」을 3인칭 관찰자 시점으로 쓴 것도 같은 맥락으로 이해할 수 있을 것이다.

사실 페렉은 『W 또는 유년의 기억』 이전까지 '나는'으로 시작하는 1인칭으로 글을 쓰는 일을 힘겨워했다. '나는 태어났다'라는 문장을 쓰고 이어가지 못했던 것처럼. 자전적 체험이 녹아든 『사물들』은 제롬과 실비라는 인물을 만들었으며, 역시 자전적 이야기를 그린 『잠자는 남자』는 2인칭을 사용해 이야기를 이끌어간다. 『실종』 같은 경우에는 'e'를 사용할 수 없으니, 프랑스어에서 '나는'에 해당하는 'je'도 사용할 수 없다. 알제리 전쟁이 한창인 1958년 낙하산 부대에서 군복무를 했던 경험 — 페렉은 총 열여덟 번 낙하산 강하를 했다 — 을 바탕으로 쓴 두 번째 소설 『마당 구석의 어떤 크롬 도금 자전거를 말하는 거니?Quel *petit vélo à guidon chromé au fond de la cour?*』의 경우, 참전을 피하고 싶은 한 군인의 허망한 이야기를 다룬다. 그런데 그의 이름은 상황에 따라 계속 변화한다. 'Kara-' 라는 어근에 어미의 변화를 주듯, 말놀이처럼 상황에 따라 이름이 변화한다. (가령 책의 처음 몇 줄에서만 그의 이름은 Karamanlis, Karawo, Karawasch, Karacouvé, Karatruc으로 다르게 변한다.) 이는 『나는 태어났다』에서 유일하게 작가 개인의 이야기가 아닌, 서평 「클레버 크롬」을 떠올리게 한다. 클레버 크롬은 정체를 숨기려고 애를 쓰는 한편, 페렉의 소설 속 인물 Kara-는 그 정체를 알고 있지만 정확하게 호명할 수는 없다. 기억이 개인의 정체성 형성에 중요한 역할을 한다는 전제에서 보자면, 페렉의 작품 속에서 정체성의 혼란 혹은 위장은 기억하는 것의 고통 혹은 거부와 연결지어 생각해볼 수 있다.

　　『W 또는 유년의 기억』 출간을 계기로, 페렉에게 기억의 탐색은 고통스러운 개인의 기억에서 집단의 기억으로 확장되는 공감의 작업으로 변모하는 등 다양한 양상을 띠게 된다. 이는 시인 프랑크 브나이유와 나눈 대담 「기억의 작업」을 통해 확인할 수 있으며, 그 중 주목할 만한 것이 '엘리스섬 프로젝트 설명'에서 언급한 로베르 보베르와의 작업이다. 페렉은 1978년 6월 <엘리스섬 이야기> 촬영 준비를 위해 로베르 보베르와 함께 뉴욕에서 보름 정도 보낸다. 그리고 오래전 미국으로 이민을 떠난 사람들처럼, 1978년 4월에 배를 타고 뉴욕으로 향한다. 그곳에 두 달간 머물며 페렉은 엘리스섬을 거쳐 미국인이 된 이민자들을 만나 인터뷰를 한다. <엘리스섬 이야기>의 1부는 엘리스섬이라는 장소의 역사, 그리고 이 다큐멘터리 영화를 준비한 과정과 그 동기에 대한 페렉의 코멘터리로 이루어졌고, 2부는 작가가 이민자들과 나눈 대담으로 이루어졌다. 영화는 1980년 11월 텔레비전에서 방영되었으며, 후에 이 원고들을 모아 『엘리스섬 이야기. 방랑과 희망의 이야기들*Récits d'Ellis Island. Histoires d'errance et d'espoir*』로 출간되었다. 페렉과 보베르는 어쩌면 자신들 부모들도 거쳐 갔을지 모를 이 장소를 촬영하고 이야기하며 '잠재된 기억*mémoire potentielle*'과

'가능한 자서전autobiographie probable'을 찾아낸다. 방랑과 희망의 이야기가 우연을 따르고 있다는 사실을 확인하며.

　　모리스 나도에게 보낸 편지에 처음으로 소개되었던 『장소들』은 1974년 출간된 『공간의 종류들』에서 '진행 중인 작업에 대한 메모'로 소개되었는데[76], 바로 그 이듬해 페렉은 앞서 언급한 것처럼 『W 혹은 유년의 기억』을 완성하고 이 작업을 이어갈 이유를 찾지 못했기에 그만둔다. 총 133개의 원고를 남겼고, 후에 이 원고들 중 일부는 잡지에 소개되기도 했다. 잊지 않기 위해, 망각과 싸우기 위해, 장소와 기억, 그리고 글쓰기가 시간의 흐름과 함께 변화하는 모습을 보기 위해 시도했던 이 방대한 계획은, 페렉이 태어나서 그르노블 인근으로 피난 가기까지 살았던 빌랭Vilin 가에서 공사 중을 알리는 푯말을 언급하는 것으로 끝이 난다.

'Travail = torture'

공사 중을 의미하는 'travail'라는 단어에는 작업(글쓰기)이라는 의미도 내포되어 있으며, 등가로 표기한 단어 'torture'는 '고문'이라는 뜻이다. 페렉이 『W 혹은 유년의 기억』에서 선언처럼 힘주어 썼던 문장들을 다시 되뇌며, 잊지 않기 위해 글을 쓴다는 것에 대해 생각해본다.

나는 쓴다. 우리가 함께 살았고, 나도 그들 중 하나였으며, 그들 그림자 속에 있던 그림자였기에, 그들의 몸 가까이에 있던 몸이었기에, 나는 쓴다. 그들은 내게 지울 수 없는 그들의 자국을 남겼고, 그리고 그 자국을 글로 쓰는 것이 흔적이 되기에, 나는 쓴다. 그들의 기억은 글쓰기 속에서 죽는다. 글쓰기는 그들 죽음의 기억이며, 내 삶의 확인이다.[77]

○

페렉에 대해서 조금 알고 있다는 헛된 믿음에서 시작한 『나는 태어났다』의 번역은 '고문'이라고 할 정도는 아니었지만, 생각처럼 쉽지 않았다. 오역을 최소화하기 위해 작가에 대한 전기와 연구서들을 참조했으며, 특히 조르주 페렉 협회의 장뤼크 졸리Jean-Luc Joly 선생님의 도움을 받았다.

앞서 말했듯, 『나는 태어났다』를 통해 한국의 독자들이 조르주 페렉의 독창적인 자서전 글쓰기에 더 관심을 가질 수 있는 계기가 되길, 그리고 그의 글쓰기 방식에 대한 고민이 공감을 넘어 새로운 반향을 일으키길 바란다. 처음 『장소들』의 계획을 접했을 때, 말 그대로 '페렉다운'이 멋진 계획이 중단되었다는 사실에 무척 안타까웠다. 만약 그가 계획한 대로 12년이 지나 총 288개의 봉인된 봉투를 열었다면, 페렉은 그것을 어떻게 조합해서 한 권의 책으로 만들었을까? 혹시라도 이 거창한 계획을 접한 누군가가 자신이 사랑하는 도시의 열두 곳을 정해 이런 프로젝트를 페렉을 대신해 완성한다면, 어떨까 하는 기대도 품어 본다.

미주

수록지면

미 주

1   Maurice Nadeau(1911-2013) 프랑스의 작가이자 비
     평가이며 편집자이다. 20세기 프랑스 출판계에서 핵
     심적인 역할을 한 편집자로 조르주 페렉이 작가가 될
     수 있게 많은 조력을 했다. 페렉의 데뷔작 『사물들*Les*
     choses』을 출간했으며, 이후 여러 출판사에서 페렉의
     작품의 출간에 기여했다.

2   Philipe Lejeune(1938-) 프랑스의 문학 비평가로 자
     서전 연구를 활발하게 했다. 조르주 페렉의 자전적
     글쓰기를 다룬 『기억과 우회, 조르주 페렉 자서전 작

가*La mémoire et l'oblique. Georges Perec autobiographe*』 등 다양한 자서전 관련 책을 썼다.

3 Marcel Bénabou(1939-) 프랑스의 역사학자이자 작가. 프랑스의 실험 문학 그룹인 '울리포Oulipo'에 가담해서 활동 중이다.

4 Maurice Olender(1946-) 프랑스의 역사학자. 쇠이유 출판사의 편집자이며 '21세기 총서'의 기획 위원장이다.

5 니스에서 20킬로미터 떨어진 프랑스 남동쪽에 위치한 작은 도시.

6 페렉이 1960년부터 1961년까지 튀니지에서 집필한 소설로 갈리마르 출판사에서 출간을 거절했으며 이후 원고를 잃어버렸다. 데카르트의 문구 'Larvatus Prodeo'를 프랑스어로 옮긴 제목이다.

7 페렉의 습작 소설 중 하나로, 초기 원고들을 모두 잃어버려서 이 소설에 대해 알려진 정보가 거의 없다.

8 Italo Svevo(1861-1928) 이탈리아의 소설가. 제임스 조이스, 마르셀 프루스트보다 먼저 내적 독백을 내용으로 하는 심리 소설을 썼다.

9 Marcia Davenport(1903-1996) 미국의 작가이자 음악 비평가.

10 페렉은 1961년부터 1978년까지 신경생리학 연구소에서 자료 조사원으로 일했다. 『인생사용법 *La Vie mode d'emploi*』이 출간되고 나서야 전업 작가가 되었지만, 몇 해 지나지 않은 1982년 폐암으로 사망했다.

11 이 부분은 약간의 수정을 거쳐 『W 또는 유년의 기억』 6장에 삽입되었다.

12 찰스 먼로 슐츠가 그린 미국의 만화 『피너츠』에 나오는 여자 주인공.

13 『W 또는 유년의 기억』 8장에서 페렉은 아버지의 이름에 대해 이 메모를 바탕으로 상세히 기술한다.

14 조르주 페렉은 자신과 연관이 있는 파리의 열두 곳을 골라 매달 두 편의 글을 12년 동안 쓰기로 계획했지만, 중간에 포기한다. 이 장소들에는 어린 시절 부모님과 함께 살던 집이 있는 거리도 포함되어 있다. 이 책의 「모리스 나도에게 보내는 편지」에 자세히 설명되어 있다. 이 책 68-70페이지 참조.

15 Louis Blériot(1872-1936) 프랑스의 항공 기술자.

16 피가로 신문사 로고.

17 '수sou'는 지금은 사용하지 않는 프랑스의 화폐 단위로 1프랑의 1/20에 해당한다. 독일 점령 치하에서 페텡이 세운 비시 정부는 동전의 모양을 바꿨다. 프랑스의 근본이념인 자유, 평등, 박애라는 문구를 노동, 가족, 조국으로 바꾸고 비시 정권을 상징하는 도끼 문양을 새겨 넣었다.

18 1956년부터 1962년까지 발행된 정치 철학 잡지로 에드가 모랭, 장 뒤비뇨, 롤랑 바르트 등이 창간에 참여했다.

19 Jean Duvignaud(1921-2007) 프랑스 사회학자이자 작가. 조르주 페렉의 고등학교 철학 선생이었으며, 페렉이 작가의 길을 가는 데 많은 도움을 주었다. 또한 『페렉 혹은 상처*Perec ou la cicatrice*』를 저술했다.

20 알제리 전쟁 당시 가장 강경했던 낙하산 부대원들은 파시스트라고 여겨질 정도로 극단적인 우파 성향을 갖고 있었다. 반면에 우연히 낙하산 부대에 배치를 받은 페렉의 경우 알제리 전쟁을 반대하는 좌파 지식인이자 유대인이었다.

21 낙하 요원은 자신의 낙하산과 비행기에 달린 케이블에 자동 열림 줄을 연결해야 한다. 낙하 시 줄이 풀어지면서 낙하산은 자동으로 펼쳐진다.

22 페렉의 아버지는 1차 대전에 참전했지만 휴전 다음 날 전사했고, 국가유공자로 인정받아 페렉은 군대를 면제받을 수도 있었다.

23 Raymond Queneau(1903-1976) 프랑스의 시인이자 소설가. 문학 실험 그룹 울리포의 공동설립자이며, 페렉의 글쓰기에 막대한 영향을 미쳤다.

24 라디오 극의 제목은 『임금 인상Une augmentation』이었으며, 작가 사후에 『임금 인상을 요청하기 위해 과장에게 접근하는 기술과 방법L'art et la minière d'aborder son chef de service pour lui demander une augmentation』으로 출간되었다. 책 전체가 단 하나의 문장으로 이루어졌으며, 2인칭을 사용하고 있다.

25 리포그램lipogramme은 알파벳에서 특정 철자를 사용하지 않는 글을 쓰는 문체 연습이다. 조르주 페렉은 'e'를 단 한 번도 사용하지 않고 300페이지가 넘는 장편소설 『실종』을 썼으며, 이 편지에서 말하는 '리포그

램의 역사'는 1973년 페렉이 속해 있던 울리포에서 출간한 『잠재 문학*La littérature potentielle*』에 수록되었다.

26 P.A.L.F.는 조르주 페렉과 마르셀 베나부가 1967년부터 1973년까지 시도한 자동기술 프로젝트이다. 프랑스의 대표적인 사전인 『리트레』와 『로베르』를 참조해서 주어진 문장을 다시 쓰기해서, 그 문장을 끊임없이 확장시키는 것을 목표로 한다.

그 작업 방식은 다음과 같다. 1. 프랑스 문학에서 인용문 하나를 선택한다. 2. 각각의 단어의 정의를 사전에서 찾은 후 사전에 명시된 여러 가지 단어들을 열거한다. 3. 열거한 단어들을 이용해 새로운 문장을 만들어낸다. 4. 새로운 문장의 각각의 단어의 정의를 사전에서 찾은 후 사전에 명시된 여러 가지 단어를 열거한다. 5. 열거한 단어들을 이용해 새로운 문장을 만들어낸다. (반복)

본문에 페렉이 언급한 문장은 가스통 르루의 '사제는 그의 매력도, 자신의 정원의 화려함도 그 무엇도 잃어버리지 않았다.'와 마르크스의 '전 세계 프롤레타리아들이여 단결하라.'이며, 이 문장들에 사용된 단어들은 앞서 설명한 과정을 거쳐 다른 단어들로 대체 가능함을 보여준다.

27 이 프로젝트는 미완성으로 남았고, 마르셀 베나부가 해제를 붙여 작가 사후에 『조르주 페렉 노트 3 : 사제와 프롤레타리아 P.A.L.F. 자료 모음』으로 출간되었다.

28 페렉의 아버지는 1차 대전에 참전해 휴전을 앞두고 전사했고, 어머니는 아우슈비츠 수용소 가스실에서 사망했다. 2차 대전 이후 고모가 어린 페렉을 입양했다.

29 미국의 행동주의 심리학자 스키너의 이론에 바탕을 둔 교육 방식으로 1960년대 주목받았다. 학습자의 반응에 따라 주어진 프로그램대로 학습을 진행하는 방식이다.

30 『나무, 에스더와 그 가족의 역사』는 페렉이 가장 많이 공을 들였던 프로젝트이다. 1966년 기획해서 1976년까지도 진행 중인 작업 목록에 꾸준하게 포함되었지만, 결국 미완성에 그쳤다.

31 Michel Leiris(1901-1990) 프랑스의 작가이자 민속학자. 초현실주의 운동에 참여한 시인으로서 자신의 경력을 시작했으며, 인류학과 예술비평에서 중요한

업적을 남기기도 했다. 자서전적인 성찰의 작업으로 현대 문학사에서 중요한 위치를 차지한다.

32 미셸 레리스가 1948년에서 1976년까지 총 네 권으로 구성한 방대한 자서전 총서.

33 n차 라틴방진은 n개의 숫자, 문자 또는 무늬나 색들을 사용하여 이들이 각 행과 각 열에 중복 없이 배열되도록 한 것이다. (스도쿠 퍼즐은 9차 라틴방진의 일종이다) 두 라틴방진을 결합하여 얻은 방진을 직교라틴방진이라 하며, 마찬가지로 각 행과 각 열에 들어가는 순서쌍은 중복되지 않는다. 페렉은 이 도식을 이용하여 12년 동안 매월 '장소의 묘사'와 '기억의 묘사'가 각각 다른 장소가 되도록 계획을 짰다. 후에 『인생사용법』에서는 10차 직교라틴방식을 이용해 100개의 장, 100개의 방에 각각 삽입할 다양한 제약(요소)을 미리 설정한 후 방대한 소설을 완성한다.

34 '로키 솔리Loci soli'는 페렉이 많은 영향을 받은 작가 중 한 명인 레몽 루셀의 소설 『로쿠스 솔루스Locus solus』를 떠오르게 한다. '로키 솔리'는 '외딴곳'을 의미하는 '로쿠스 솔루스'의 변형이다. 또한 단어의 순서

를 바꾼 '솔리 로키Soli loci'는 '독백'이라는 의미의 프
랑스어 'soliloque'를 연상하게 한다.

35 W의 배경이 되고 있는 '테르 드 푸Terre de Feu'는 남
아메리카에 있는 군도로 스페인어로 '티에라 델 푸에
고Tierra del Fuego'이고, 프랑스어와 마찬가지로 '불의
땅'이라는 의미이다. 프랑스어로 'feu'라는 단어는
'불'이라는 뜻 외에도 '고인故人이 된'이라는 의미가
있으므로 '죽은 자들의 땅'으로 해석할 수도 있다.

36 망망대해에서 조난당한 그랜트 선장을 구하기 위한
여정을 담은 해양 모험 소설.

37 페렉이 중도에 포기했던 프로젝트로 가공의 철학자
니니포치에 대한 이야기이다.

38 Hubert Beuve-Méry(1902-1989) 프랑스 주요 일간
지인 <르몽드>의 창업자.

39 모리스 나도와 프랑수와 에르발이 1966년 창간해 격
주 간격으로 발행한 문학 잡지이다. 문학 비평을 비
롯해서 역사, 철학, 정신분석과 사회학 관련 글들을
실었다.

40 기자이며, 작가이자 페렉의 친구인 알랭 귀에랭이

'왜 이탈리안 레스토랑에서 11월에 파스타만 먹을 수 있을까?'라는 질문에 페렉은 '왜냐하면 뇨키는 가을이니까'라고 답한다. 원문을 그대로 옮기면 les gnocchis, c'est l'automne이 되는데, 이는 '너 자신을 알라'는 그리스어 표현 'gnoti seauton'과 발음이 유사하다. 결국 이들의 말장난에서 '가을의 뇨키'는 '너 자신을 알라'는 소크라테스의 아포리즘이라 할 수 있다.

41 마르크스의 『자본론』에 나오는 문장으로, 이 문장을 인용하며 페렉은 『사물들』을 끝맺는다.

42 데카르트의 문장으로 페렉은 이 문장을 1960년 쓴 소설의 제목으로 사용했는데 출간을 거절당했다. 이 책 11페이지 참조.

43 앙리 미쇼의 시구로 페렉이 『공간의 종류들』에서 인용했다.

44 제롬 힐 감독의 1964년 영화 제목. <Open the door and see all the people>

45 페렉은 장베르트랑 퐁탈리스Jean-Bertrand Pontalis에게 1971년부터 1975년까지 정신분석을 받았다. 자서전

글쓰기의 완결이라고 할 수 있는 『W 혹은 유년의 기억』 출간 후 정신분석을 그만두었다. 페렉은 이 경험을 바탕으로 『생각하기/분류하기』에 수록된 「계략의 장소들」이라는 짧은 글을 썼다.

46 "꿈은 무의식에 접근할 수 있는 왕도"라는 프로이트의 표현.

47 Frank Venaille(1936-2018) 프랑스의 시인.

48 『나는 기억한다』는 페렉이 480개의 사소한 기억을 떠올려 '나는 …를 기억한다'라는 형식으로 수집한 책으로 1978년 출간되었다. 40대의 작가가 10살에서 25살 사이(1941년에서 1961년)에 체험한 미미한 사건들을 모았으며, 작가가 떠올린 개인의 기억은 독자를 통해 집단의 기억으로 확장된다.

49 "나는 지하철 티켓들에 뚫린 구멍들을 기억한다." 『나는 기억한다』

50 여기서 말하는 단 하나의 기억이란 베니스에 머물던 어느 저녁, 'W'라 불렸던 이야기를 갑자기 떠올린 것을 말한다. 어린 시절 작가의 환상으로 만들어진 이 이야기를 통해 작가는 『W 혹은 유년의 기억』에서

어린 시절의 추억들을 떠올린다.

51 어린 시절을 다룬 자서전인 『W 혹은 유년의 기억』은 역설적으로 '나는 어린 시절 기억이 없다'라는 문장으로 시작한다.

52 『나는 기억한다』

53 1975년 방영된 다큐멘터리 방송으로, 1930년에서 1934년을 시대적 배경으로 하고 있다. 페렉은 이 영상의 후반부 내레이션을 쓰고, 직접 낭독했다.

54 이 부분에 대해 페렉이 낭독한 내용은 다음과 같다. "제 아버지와 어머니, 그리고 할머니, 할아버지가 저들 무리 속에 있을 것 같네요. 일요일이면 메닐몽탕 대로에 모여 있었지요. (…) 아니면 이분들은 1931년에 종종 있었던 실업에 항의하는 데모 행렬에 끼어 있는 건지도 모릅니다."

55 Robert Bober(1931-) 프랑스의 영화 감독이자 작가. 페렉 사후 작가를 추모하기 위해 페렉이 어린 시절을 보낸 <빌랭 거리를 다시 걸어가며> 라는 다큐멘터리 영화를 만들기도 했다.

56 1979년 로베르 보베르와 함께 <엘리스섬 이야기. 방

랑과 희망의 이야기들> 이라는 제목의 다큐멘터리 영화를 찍었으며, 1980년에는 동명의 책으로 출간되었다.

57 정확하게는 1892년에서 1924년까지이다. 이 책의 「'엘리스섬' 프로젝트 설명」에 정확하게 기술하고 있다.

58 '컷오프'는 미국의 소설가이자 시인인 윌리엄 버로스가 고안한 글쓰기 방식이다. 다른 텍스트에서 차용한 문장이나 텍스트의 일부를, 쓰고 있는 텍스트에 무작위로 삽입하는 방식을 말한다. 여기서 페렉은 『인생사용법』 집필 중에 다른 층위의 낯선(자전적) 요소들을 넣었다는 것을 의미한다.

59 William Burroughs(1914-1997) 미국의 작가이자 예술가. 1950년대 미국 비트 세대를 대표하는 작가로 마약 중독과 동성애와 관련한 자신의 삶을 자서전으로 썼다.

60 프랑스의 시인 쥘 슈페르비엘Jules Supervielle의 산문집 제목.

61 清少納言(964? -1025?) 일본 수필 문학의 효시라 불

리며, 객관적인 시각과 경쾌하고 간결한 문장으로 독창적인 리얼리즘을 만들었다.

62 일체주의Unanimisme는 20세기 초반 쥘 로맹Jules Romains이 제창한 문학 운동인데, 이에 따르면 작가는 인간 집단의 영혼의 일체를 이루며 집단적인 삶에 대해 써야만 하고, 사회적인 관계 속에서만 개인을 그릴 수가 있다.

63 미국 시인 에마 래저러스(Emma Lazarus, 1849-1887)의 시 「새로운 거상The New colossus」의 일부.

64 미셸 시프르Michel Siffre는 프랑스의 동굴 탐험가이자 과학자이다. 두 달 동안 시간을 측정할 도구 없이 100미터 지하의 얼음 동굴 속에서 생활하며 낮과 밤의 사이클을 벗어나 인간 육체의 생리학적 시간의 작동 방식을 따르며 이를 분석했다. 1962년 7월 17일에 들어가서 9월 14일에 나왔는데, 그는 8월 20일이라고 날짜를 계산했다. 이러한 경험을 기록한 책이 『시간 밖』이다.

65 남인도양에 위치한 프랑스령 군도.

66 대서양 남쪽에 흩어져 있는 영국령 군도.

67 모로코의 자고라에는 말리의 통북투까지 가는데 52
일이 걸린다는 유명한 이정표가 있다. 친구에게 우연
히 얻은 이 이정표의 사진엽서는 페렉의 미완성 유작
『53일』의 표지로 사용되기도 했다.

68 벨기에와 프랑스, 룩셈부르크 경계에 있는 지방.

69 벨기에 만화가 에르제가 그린 '땡땡의 모험' 시리즈
12권.

70 Anna Prucnal(1940-) 폴란드 출신의 배우이자 가수.

71 Malcom Lowry(1909-1957) 영국 출신의 작가. 자신
의 대표작『화산 아래서』의 주인공처럼 술과 늘 함께
했으며 48세의 젊은 나이로 유명을 달리했다.

72 Vladimir Nabokov(1899-1977) 러시아 출신의 작가.
영어, 러시아어, 프랑스어로 글을 썼으며, 대표작으
로『롤리타』『창백한 불꽃』등이 있다.

73 조르주 페렉은 1936년 3월 7일생이고, 그러한 이유
로 그의 작품에서 3과 7은 중요한 모티브로 작용할
때가 많다.

74 『생각하기/분류하기』에 수록된 「모색 중인 것에 대한
노트」참조. (이충훈 옮김, 문학동네, p.11-13 참조)

75 『W 또는 유년의 기억』, 이재룡 옮김, 펭귄클래식코리아, 2장과 37장 참조.

76 『공간의 종류들』, 김호영 옮김, 문학동네, p.90-91 참조.

77 『W 혹은 유년의 기억』, 같은 책, p.57(옮긴이가 번역을 수정함).

「나는 태어났다 Je suis né」

작가가 '작은 검정 노트'라고 명명하고 『W 혹은 유년의 기억』을 쓰기 위해 작성한 '전前텍스트들avant-textes' 중 발췌한 것에 '나는 태어났다'라는 제목을 붙였다. 1988년 『조르주 페렉 연구 모음집 2』(Textuel 34/44, n° 21, 파리 7대학-주시유, p.161-163) 에 수록.

「가출의 장소들 Les lieux d'une fugue」

1965년 5월, 잡지 『존재와 시선』(n°17-18, 1975, p.4-6, p32)

에 '조르주 페렉 : 감시하는 자'라는 제목의 특집호에 수록하기 위해 집필했다. 여기에 수록된 텍스트는 조르주 페렉이 직접 타자기로 작업한 것이다. (조르주 페렉 자료관 소장) 이 단편은 1976년 작가가 직접 감독해서 동명의 영화로 만들었다.

「낙하산 강하 Le saut en parachute」

1959년 1월 10일, 잡지 『논증』 모임 말미에 발언한 조르주 페렉의 담화를 옮겨적은 글이다. 장 뒤비뇨가 잡지의 아카이브와 함께 이 모임의 녹음을 IMEC(현대 출판 자료원)에 제출했고, 올리비에 코르페Olivier Corpet의 협조로 녹음을 확보할 수 있었다. 이 담화의 첫 번째 버전은 『국제 풍뎅이』에 약간의 오류를 수정하지 못한 채 출간되었다. (n°2, 1982, p.77-84)

「클레버 크롬 Kléber Chrome」

알랭 귀에랭의 1967년 소설 『좋은 출발Un bon départ』에 대해 '맴도는 수사'라는 제목으로 『라캠젠느 리테레르』에 수록된 서평이다. (n°24, 1967년 3월, p.15-31) 작가의 타자 원본은 조르주 페렉 자료관에 소장되어 있다.

「모리스 나도에게 보낸 편지 Lettre à Maurice Nadeau」(최초 공개)

필리프 르죈이 1988년 3월 런던에서 개최된 '페렉 콜로키움'에서 소개했다. 작가의 타자 원본은 조르주 페렉 자료관에 소장되어 있다. 이 편지는 모리스 나도의 동의하에 수록되었다.

「가을의 뇨키 혹은 나와 관련된 몇 가지 질문에 대한 답변 Les gnocchis de l'automne ou réponse à quelques questions me concernant」

잡지 『공동 이유』에서 '자화상'이라는 주제로 묶여 수록된 글이다. (n°1, 1972년 5월, p.19-20) 그 후 『국제 풍뎅이』에 재수록되었다. (n°2, 1982년, p.85-88)

「꿈과 텍스트 Le rêve et le texte」

『누벨 옵세르바퇴르』(n°741, 1979년 1월, p.46) 에서 '꿈꾸는 자로서의 경험'이라는 주제로 묶여 수록된 글이다. 작가의 타자 원본은 조르주 페렉 자료관에 소장되어 있다.

「기억의 작업 Le travail de la mémoire」

프랑크 브나이유와 나눈 대담으로 '폐렉 망각의 반대말'이라는 제목으로 『무시유 블룸』에 수록되었다. (n°3, 1979년, p.72-75)

「'엘리스섬' 프로젝트 설명 Ellis Island. Description d'un projet」

'이민emigration을 시작하는 단어 e'라는 주제로 『오늘날 유태인들을 위한 카탈로그』에 수록되었다. (n°38, 1979년, p.51-54)

「어쨌든 죽기 전에 해야만 할 것 같은 몇 가지 Quelques-unes des choses qu'il faudrait tout de même que je fasse avant de mourir」

자크 벤의 라디오 연속 기획 '죽기 전에 해보고 싶은 50가지'에 참여할 때 쓴 글이다. (프랑스-퀼티르, 1981년 11월 방송). 작가의 타자 원본은 조르주 페렉 자료관에 소장되어 있다. 라디오 방송 녹음을 받아써서 이 글과 미미한 차이가 있는 글이 1989년 9월 13일자 텔레라마에 수록되었다.

> • 조르주 페렉 자료관은 조르주 페렉 협회에서 운영하고 있으며, 파리 아르스날 도서관 내에 있다.

Je suis né

Georges Perec

나는 태어났다

초판 1쇄 발행 2021년 12월 17일

지은이 조르주 페렉
옮긴이 윤석헌
펴낸이 윤석헌
편집 김수현
디자인 즐거운생활
펴낸곳 레모
제작처 영신사
출판등록 2017년 7월 19일 제2017-000151호
주소 서울시 서초구 서초대로 33길 99, 201호
이메일 editions.lesmots@gmail.com **인스타그램** @ed_lesmots

ISBN 979-11-91861-01-3 03860